余命一年と宣告された君と、消えたいと願う僕が出会った話

森田碧

ポプラ文庫ピュアフル

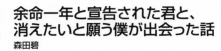

目次

CONTENTS

プロローグ……6
始まりの夜……11
夜の密会……65

聖夜の告白 …… 109
絶対に忘れたくない大切なもの …… 153
最後の夜 …… 183
返り咲き …… 217
エピローグ …… 279

余命一年と宣告された君と、消えたいと願う僕が出会った話

プロローグ

僕が死んだあと、何事もなかったように世界が続いていくのが嫌だ。

追いかけている漫画も、来年公開予定の楽しみにしていたアニメ映画も、僕だけが見られないなんて損した気分になる。だからといってこの苦しみを抱えたまま生きていくことも難しい。

僕が死んだ瞬間ぷつんとなにかが途切れ、そこで世界も終わり。漫画の続きも映画の上映も全部なくなって、心残りなく安らかに死ぬ。

できることなら、そうなってほしい。

深いため息をついて黒のカーディガンを羽織り、気分転換に夜の散歩に出かける。

今日から新学期が始まり、四月の上旬とはいえこの時間帯はまだ少し肌寒い。

頭上には雲ひとつなく、北の空には北斗七星が輝いている。新月なのか、どこを探しても月は見当たらなかった。

昔からこうやって夜な夜な散歩をするのが好きだ。そのとき僕が抱えている問題についてあれこれ思案しながら、一時間でも二時間でもあてもなく街を彷徨《ほうこう》するのだ。

その方が考えがまとまり、答えにたどり着くのも早い。歩くことによって思考力や創造力が高まると聞くし、セロトニンが活性化して精神が安定するらしい。

けれど僕が今歩きながら考えていることは、〝どこでどのように死のうか〟という新学期を迎えた日に到底ふさわしくない後ろ向きな内容だった。

とある理由があって、ここ一年くらいずっとそればかり考えている。今日こそはと思いながらも、未だに実行に移せないでいる自分が情けなく、惨めだとさえ思えた。

半年前に一度だけ、橋の上から川に飛びこもうとしたことがあった。しかし欄干に足をかけたところでランニング中の中年男性に肩を掴まれ、歩道に引き戻された。その後一時間の説教を食らい、中年男性が親に会おうと家にまでついて来そうになったところで半泣きのまま走って逃げたのだった。どうやら彼には不登校の中学生の娘がいるらしく、子を持つ親として看過できなかったのかもしれない。

苦い記憶を思い出しながら、誰もいない静かな夜道を三十分近く歩いていると、前方に公園が見えてきた。

住宅街の隅っこにある、飛び石に囲まれた広々とした街区公園。入口のそばには今時誰も使わないような古びた公衆電話がある。大きな滑り台にブランコ、鉄棒や雲梯など遊具は充実していて、砂場や小さな水遊び場も備わっている。

昼間はそれなりに賑わっているが、夜になると雰囲気ががらりと変わる。

樹齢百年と言われても納得してしまうほどの大樹があちこちにそびえ立っていて、

なかでもやなぎの木が不気味な存在感を放っていた。

そのせいか夜は近道として横切る者も少なく、当然ながらわざわざ夜に公園を利用する者もいない。たったひとりを除いては。

気配を殺して園内に足を踏み入れると、今日もそこに彼女の姿があった。

公園の中央にある屋根つきのベンチに腰掛ける、髪の長い少女。彼女はやなぎの葉が揺れる寒々とした園内で、ひとり寂しげに俯いてベンチの背もたれに体を預けている。なにをするでもなく、ただぼんやりとゆっくり流れる時間を満喫しているようでもあった。

ここで初めて彼女を見かけたのはちょうど一年前。高校に入学してすぐ、夜の散歩をしているときのこと。

初めて見たときは幽霊だと思って情けない声を発してしまった。彼女と目が合ったのはそのときの一回だけ。黒目がちの大きな瞳で僕をじっと見ていた。それ以降は僕が園内を横切ろうが一瞥もくれることはなかった。

彼女は僕と同じ高校に通う二年生で、この春から同じクラスになった。名前はたしか古河《ふるかわ》桜良《さくら》。今朝の自己紹介で、彼女がそう名乗ったのを覚えている。

とくに印象的だったのは、ほかの生徒が自己紹介をしている中、彼女がイヤホンをつけていたことだ。長い髪に隠れて担任は気づかなかったようだが、彼女の斜め後ろの席にいる僕はそれに気づいた。彼女はクラスメイトの名前など覚える気はさらさらないようで、全員の自己紹介が終わると気怠げにイヤホンを外した。

一年のときはちがうクラスだったし、彼女のことをよく知らない僕は、まあこういうアンニュイなやつもクラスにひとりはいるだろうな、と大して気に留めなかった。

そんなことよりも、いつもあの公園にいる怪しい女と同じクラスになってしまった、という気まずさの方が強かった。

今日も僕は彼女を気にかけることなくベンチの前を横切る。そのとき視界の端に一瞬見えたのは、この公園に住み着く小さな黒猫と、彼女の涙だった。

俯きがちにベンチに腰掛ける彼女の瞳から、ひと筋の涙が流れていた。そんな彼女を慰めるように、黒猫はベンチに飛び乗ってひと鳴きする。

やけに絵になる光景だった。僕が珍しく立ち止まったからか、彼女は視線をこちらに向けた。目が合ったのは一年ぶりだ。彼女ははっとして涙を拭い、ぷいと視線を逸らした。なにか見てはいけないものを見た気がして、僕は急いで公園の外に出る。

彼女の涙を見たのは、初めてではなかった。おそらく彼女も、僕と似たような悩みを抱え、夜の公園で黄昏《たそが》れているのかもしれない。

気づけば僕の思考は、死ぬ方法ではなく、彼女のことに切り替わっていた。

彼女が時折見せる涙の理由はなんなのか。

どうしていつも夜の公園にいるのか。
なぜいつもあんなに寂しそうにしているのか。
彼女の沈んだ表情は、どことなく昨年亡くなった姉に似ている。
ぐるぐると思考を巡らせながらさらに一時間歩き、日付が変わった頃に帰宅した。

新学期が始まったこの日から毎晩のように出歩き、僕がついに自殺を決行したのは、それから六日後の夜のことだった。

始まりの夜

目を覚まし、体の節々の痛みでぼんやりした意識が覚醒していく。周囲を見回し、なぜ自分が病院のベッドの上で横になっているのか、すぐには思い出せなかった。体が痛むといっても致命傷ではないらしく、上体を起こすことはできた。

そこは四人部屋で、僕のほかに三人の患者がベッドに横たわっている。壁にかけられた時計を見ると、時刻は十一時を回ったところ。窓の外が明るいので、どうやら今は昼の十一時らしい。

「ああ、そうか」

数分ぼんやりしたあと、ようやく自分の身に起きたことに気がついた。身に起きたというか、自ら起こしたと言ってもいい。

僕は夜の散歩中に赤信号の横断歩道を渡り、車に撥《は》ねられたのだった。いつものように夜の街を彷徨し、どうやって死のうか考え、ついに実行に移したのだ。

その日を選んだのはただの偶然で、突発的な行動だった。信号を待っていると、そういえばここは姉が事故に遭った横断歩道だ、と気づいたのだ。

姉はどんな気持ちで赤信号を渡ったんだろう。そう考え出したとき、無意識に足が前に進んでいた。

同じ時間帯、同じ交差点だったというのに姉とはちがい、僕は死にきれなかった。そのうえ軽傷で済んだらしい。道路に飛び出した記憶はあるものの、ぶつかった瞬間はどうしても思い出せない。

これはたしか、衝撃的な出来事による精神的なダメージから自身を守るために、脳が記憶の喪失を選択するのだとなにかの本で読んだことがある。耐えがたいほどの恐怖やストレスから身を守るために、記憶を消去するという便利な機能が人間の脳には備わっている。

それが自分の意思でできるものなら、姉が事故に遭った夜の記憶も僕の頭から消し去りたい。あの日の出来事は、今なお消えずに僕を苦しめている。

頭痛がして再び横になると、看護師が病室に入ってきたので僕は目を覚ましたことを告げた。

すぐに両親が駆けつけ、父は険しい顔でなにがあったのか僕を詰問し、母はひたすら安堵の涙を流した。

自殺しようとしていたことは伏せ、ふたりには、考え事をしていてうっかり赤信号を見落としてしまったと説明した。母は信じてくれたが、父は僕を疑っているようだった。

よりによって姉が亡くなった交差点で起こった事故だ。父が疑うのも無理はない。ぶつかった車にはドライブレコーダーが搭載されており、再生するとまるでゾンビのように突然赤信号の国道にふらりと倒れこんできた僕の姿が記録されていたという。

けれど僕は、父になにを言われようとも頑なに事故だったと主張した。姉弟揃って同じ場所で同じ事故に遭うなんていくらなんでも無理があったが、それでも僕は自分の意見を押し通した。

その後僕は、数日間入院することになった。数カ所の打撲に加え、軽い脳震盪で済んだのは不幸中の幸いだったと医師は話した。

入院生活は退屈なもので、次こそは事故に見せかけてうまく死ねる方法はないかな、と懲りずにそんなことばかり考える。携帯で楽な死に方を調べてみても、心の相談窓口や自殺を引き留めるようなサイトが多数表示されてげんなりした。

友人からは僕を心配するメッセージが来ていたし、お見舞いに行くとの連絡もあったが、大丈夫だからと全部断った。

退院日の前日、夜の公園に居座っている同じクラスの古河桜良を院内で見かけた。脳のCT検査を終えて検査室から出ると、彼女が脳神経内科の待合室にいたのだ。学校帰りに来たのか、ブレザーを着用している。

彼女は僕に気づくことなく、無表情で手元の本に目を落としていた。ブックカバーがつけられているのでどんな本を読んでいるのかは確認できない。

視線を感じたのか彼女がふっと顔を上げ、目が合ってしまった。

上目遣いに僕を見る黒目がちの瞳と、大きな二重まぶたが印象的な少女。長い髪をハーフアップのお団子にしている。直視するのを躊躇ってしまうほど目力が強い。

綺麗な姿勢で椅子に腰掛ける彼女は、場ちがいなくらい華やかでひと際目立っている。古河はクラスでは一、二を争う美人で、新学期早々男子に囲まれて質問攻めにあっていたのを思い出した。

「あ……どうも。あの、同じクラスの青野《あおの》……」

「名乗らないで。私、人の名前覚えるの苦手だから」

名乗る前に彼女が食い気味に言葉を被せた。相変わらずクラスメイトには興味がないらしい。どう返事をしていいかわからず、ふと視線を下げたとき、彼女が手にしている本の中身が見えた。

『記憶』の文字と、脳の図解。それからもうひとつ、見覚えのある病名が記されている。その文字を見て、頭が真っ白になった。

彼女ははっとして本を閉じ、鞄の中に入れる。

「たしか、事故に遭ったとか」

彼女の澄んだ声に我に返り、唾を飲みこんでから言葉を返す。

「あ、うん。怪我は大したことないんだけど、軽く車に撥ねられてさ」

「それはお気の毒」

「でも明日退院できるから、また学校に通えると思う。古河さんは……」

彼女がなぜ脳神経内科にいるのか訊ねようとしたところで、「古河桜良さん」と看護師が彼女の名前を呼んだ。

「……はい」

名前を呼ばれた彼女は、「それじゃ」とひと言残して診察室に消えていく。すらっと背が高く、歩き姿も綺麗だった。

僕はそのまま踵を返して自分の病室へ向かう。

彼女が読んでいた本は、おそらく自宅の僕の部屋にもある。人間の脳や記憶に関する本はひととおり読み漁ったことがあった。

退院して自宅に戻った僕は、真っ先に自室の本棚を物色した。漫画本が大半を占めているが、医学書も何冊か紛れこんでいる。

その中の一冊を手に取り、ページをめくった。

「あった。これだ」

脳の病気に関する書籍の後半のページ。古河が脳神経内科の待合室で読んでいた箇所と一致した。

『虫喰い病』の記述があるページで、その文字を見て胸がズキズキ痛み出した。

それは僕のよく知る病気。なぜ古河がこの本を読んでいたのか、嫌な考えが頭をよぎる。そんなわけはないと、浮かんだ思考を振り払う。

虫喰い病は認知症の一種で、近年は新型アルツハイマー病とも言われている。

虫喰い病は眠っている間に患者の頭の中にある言葉を破壊し、それに関する記憶を失わせてしまうという恐ろしい病気だ。一度失われた言葉は元には戻らず、新たに覚えようとしても記憶に残らない。

虫喰い病患者は眠ると単語とそれに関する記憶を失ってしまうが、毎回ではないらしい。失う日もあれば、そうでない日もある。なにを失うかは無作為で、目を覚ますまで本人にもわからない。そもそも当の本人はなにを失ったかさえ認識できず、それが虫喰い病の一番厄介な点とも言える。

まるで虫に喰われたように記憶がぽっかりと抜け落ちてしまうため、そう呼ばれるようになった。

人間の脳は本来、睡眠中に記憶の中枢である海馬が活発に活動を続け、日中に体験したことなどを夢として追体験しながら記憶の定着と消去を行っている。必要な記憶は脳に固定化され、不要な記憶は消去される。

しかし、虫喰い病患者は睡眠時に正常な記憶の整理が行われず、必要な記憶まで消去される現象が引き起こされてしまう。消去された言葉は二度と復元することができない。

記憶とひと口に言っても様々な種類があり、大きく分けてふたつ。手続き記憶と陳述記憶がある。

手続き記憶は自転車の乗り方や泳ぎ方など、体で覚える記憶だ。対して陳述記憶は、物の名前や漢字を暗記したり計算の仕方を覚えたりといった、頭で覚える記憶と言える。

虫喰い病は後者が失われ、前者に関しては末期になるまでは比較的記憶を保つことができる。

たとえば消しゴムという言葉を失うと、消しゴムだけでなく使い方も忘れてしまう。使い方を教わっても数時間後には忘れてしまい、それに関する知識は頭に残らない。消しゴムの貸し借りで仲良くなった友人がいたとしたら、そのエピソードすらもあやふやになってしまう。

一方で、仮に自転車の記憶を失っても体が覚えているため、運転することは可能だ。歩いたり食べたりといった、もともと身についている日常の動作も失うことはない。

虫喰い病は、病状が進行してもアルツハイマー病のように知的機能の減退や人格の変容は見られない。しかし末期にはアルツハイマー病と同様に体の動きを司る脳領域にまで病変が広がる。そのため手足を動かせなくなって寝たきりになり、全身の機能が低下して循環器や呼吸器疾患を起こしやすくなり死亡する。

　それが新型アルツハイマー病と呼ばれている所以でもあり、従来のそれよりも余命が短く、ほとんどの患者が三年以内に亡くなっている。

　アルツハイマー型認知症は進行が遅い認知症であるとされているが、虫喰い病はその中でも最も進行が速く、十代や二十代の患者が多いのが特徴らしい。とくに末期には症状が加速度的に進み、命が尽きる一ヶ月前にもなると意識が戻らなくなる患者が多い。

　なにを隠そう、ふたつ上の姉である舞香《まいか》がまさしく虫喰い病だった。姉は発症してから約一年で亡くなった。当時十六歳という若さで不治の病にかかってしまった姉を支えようと、僕は関連書籍を片っ端から読み漁ったのだ。

　けれど僕は姉の力になることはできず、姉に忘れられたショックと怒りでむしろ冷たく当たってしまった。

　虫喰い病はものだけでなく、家族や友人、恋人を忘れてしまうこともある。発症してから数ヶ月後、姉は『青野悠人《ゆうと》』という言葉を失って僕のことが誰なのか認識できなくなった。そんな姉に失望し、僕は姉を避けるようになった。

　――最終的に姉は、僕のせいで死んでしまったのだ。

「悠人、もう大丈夫なの？　まだ体痛むんじゃない？」

退院した日の翌朝。学校へ向かおうと玄関で靴を履いていると、母が心配そうに怪我の具合を聞いてきた。

「ほぼ治ったから大丈夫。いってきます」

振り返らずに告げて外に出る。まだ怪我は完治していないし膝や肩に痣も残っているが、家にいると思い詰めてしまいそうで学校に行くことにした。両親にはなるべく自死を選択したと思われたくないので、少し時間を空けてほとぼりが冷めてからもう一度決行するつもりだ。

自宅を出て自転車に乗って最寄り駅まで約十分。そこからさらに十五分電車に揺られて、降りてから十分歩くと高校に到着する。

古河は僕と最寄り駅が同じで、たまに駅で鉢合わせすることがある。古河はいつも同じ高校に通う女友達と一緒に登校していて、彼女といるときだけ笑顔が見られる。しかしクラスでは誰とも話すことはなく、無表情以外の表情は今のところ一度も見たことがない。だから朝のこの時間は僕には新鮮で、つい彼女を目で追ってしまうのだ。

とはいえ僕は新学期を迎えて一週間足らずで入院してしまったので、もしかすると古河はもうクラスに馴染んでいるかもしれない。

この駅にはさらにもうひとり、よく鉢合わせする人物がいる。姉の元恋人である藤《ふじ》木直樹《きなおき》だ。彼は最期まで姉に忘れられることはなかった。故に僕は彼が嫌いだった。姉の元カレという時点ですでに気まずいし、できることなら顔を合わせたくはない。しかし今日は偶然にも同じ車両に乗り合わせてしまい、「おはよう」と爽やかな笑顔とともに声をかけられた。

いつも藤木対策としてイヤホンをつけているが、彼はおかまいなしに挨拶をしてくる。だから僕は仕方なく会釈だけ返して無難にやり過ごしていた。彼は亡くなった元カノの弟と顔を合わせて気まずくないのか、甚だ不思議でならなかった。

藤木と姉は中学の頃の同級生で、僕も昔から彼とは顔見知りだった。いつから姉と付き合い始めたのか知らないし、興味もない。

高校の最寄り駅で電車を降り通学路を歩く。桜並木に差しかかったが、入院中に見頃を迎えた桜はすでに葉桜に変わりつつあった。

「青野、車に轢かれたんだって？」

「よく生きてたな」

「走馬灯見えた？」

約一週間ぶりの登校。どうやら車に轢かれて生還した男はクラスの男子たちにとって勇者に映るらしい。自分の席に座った途端、名前もよく覚えていないクラスメイトたちに囲まれた。

僕は昔から友達は割と多い方で、自分から働きかけなくても気づけばどのクラスになっても上位グループに所属していた。上位グループとはいえ特段モテていたわけではなく、至って普通の男子高校生であると自己評価している。上位の連中にうまく溶けこみ、無難にやり過ごすのがうまいだけで、親友と呼べる友達はひとりもいない。

「俺、体幹強い方だから」

面倒くさくて自分でもよくわからない理屈で答えて軽くあしらった。なんだよそれ、と軽く笑いが起こる。その後もしばらく質問攻めにあい、ようやく解放された頃に古河が教室に入ってきて、僕の斜め前にある自分の席に座った。ちょうど真ん中の列の、後方の席。

着席するなり彼女はさっそくイヤホンをつけ、チャイムが鳴るまで自分の世界に入る。彼女の周りには新学期が始まってから数日間は男子が群がっていたが、今は近づこうとする者はいなかった。

彼女の立ち居振る舞いと、頑なな自己韜晦《とうかい》に男子たちの心が折れてしまったにちがいない。もしくはあまりにも冷たい態度を取られるので、敬遠しているだけなのか。どちらにせよ僕が欠席していた一週間で、彼女は馴染むどころかクラスで孤立していた。新学期初日のあの人気は今や地に落ちてしまったらしい。

僕は彼女の後ろ姿をじっと見つめる。彼女が脳神経内科にいた理由と、あの脳の病気に関する本を読んでいた理由が知りたかった。が、本人に直接聞くのは気が引けるし、クラスメイトたちがいる前では避けたい話題でもある。

僕はその日からしばらくの間、古河桜良の言動を注意深く観察することにした。


退院後、しばらくの間夜の散歩が禁止になった僕は、無聊《ぶりょう》な日々を過ごしていた。

あれから一週間、二週間と古河の観察を続けたが、昼食後になにかの錠剤を飲んでいる点を除けば普通の女子高生らしく高校生活を送っていた。普通とはいっても、相変わらず友達をつくる気はないようで、彼女は学校では厳然とした態度を崩さない。

古河は授業が終わると教科書やノートを手際よく鞄に詰め、誰よりも先に教室を出ていく。向かった先は五組の教室の前で、そこには彼女の唯一の友人である横山柑奈《よこやまかんな》がいた。ふたりは廊下でいくらか言葉を交わしたあと、階段を下りて昇降口へ向かっていく。帰る方向が同じなので、僕も彼女らのあとを追った。

どこへも寄らずに真っ直ぐ帰ったり、カフェやショッピングモールに立ち寄ったりと、ふたりの行動は日によってまちまちだった。

古河は週に一度は脳神経内科に通っているようだが、ただの頭痛持ちで通院している可能性もある。昼に服用している薬も頭痛薬かもしれない。

彼女はもしや、姉と同じ病気を患っているのではないかと疑っていたが、僕の思い過ごしかもしれない。本を読んでいたのはただの興味本位か、頭痛に悩まされて読んでいた、と考えればしっくりくる。

病院の待合室で言葉を交わしてからは一度も声をかけられず、僕にとっても彼女は近寄りがたい存在だった。


「古河桜良？　ああ、あの子かわいいよな。青野お前、もしかして狙ってんのか？」

大型連休が終わって少し経った頃、僕はしびれを切らして聞きこみを開始した。目の前の男子生徒は一年の頃僕と同じクラスで、古河と同じ中学出身だということを思い出して訊ねてみたのだ。

「あー、うん。まあそんなとこ。で、古河ってどんな人なの？」

説明するのも面倒で、適当に話を合わせる。すると彼は思いもよらない言葉を口にした。

「中二の頃同じクラスだったけど、古河はクラスでは一番の人気者だったよ。バレー部のキャプテンやってたし友達も多くて、たしか学級委員も務めてたな」

そんなわけないだろう、と思わず声に出してしまった。彼が話しているのは、同姓同名の古河桜良ではないのかと。

「えっと、ごめん。誰の話をしてんの？」

「だから、古河桜良だろ。……ああ、青野の言いたいことはわかるよ。彼女、高校に入って人付き合いをやめたのか知らないけど、なんか変わったって同じ中学だったやつら皆噂してるよ。まるで別人だってな」

逆高校デビューかよ、と彼は声を上げて笑う。古河について詳しく知りたかったのに、ますます彼女のことがわからなくなった。

「そっか、ありがとう」

「本当にどうしちまったんだろうな、古河のやつ。俺も中学の頃好きだった時期あったけど、今の古河はちょっとな。まあ、頑張れよ」

誤解している様子の彼は僕の肩を叩いて去っていく。

冷静になって考えてみると、彼女がもし虫喰い病だったとしたら、人との関わりを避けたいと思うかもしれない。新しい友達をつくっても、すぐに忘れてしまう可能性があるから。

そう考えると辻褄が合ってくる。ただの頭痛持ちだと思っていたが、それだけで毎週病院に通うものなのだろうか。僕の姉は週に一度は通院していたし、やはり古河も同じ病を患っているのだろうか。

僕の疑念をさらに深めたのは、それから一週間が過ぎた木曜日の五時間目の出来事だった。

「じゃあこの問題……古河さん。解いてくれるかしら」

数学の授業中、初老の教師の気まぐれで古河が当てられた。彼女は「はい」と凜とした声で返事をしてから席を立ち、黒板の前で立ち止まる。

出されている問題は数学が苦手な僕でも答えられるような簡単なものだ。しかし、成績優秀なはずの彼女は黒板の前で立ち止まったまま、一歩も動こうとしない。

教室内がざわつき始める。自信満々に見えたけれど、直前で頭が真っ白になってしまったのだろうか。少なくとも一分以上、彼女はその場で固まっていた。

「……古河さん？」

教師が訝しげに彼女の顔を覗く。古河は震える声で聞き返した。

「あの……書くものは？」

「はい？　そこのチョーク入れの中に入っているでしょ」

自分専用のチョークなのか、教科担任が手にしているホルダー入りのそれを貸すつもりはないらしい。

「チョーク？」

古河はさらに聞き返して、まるでびっくり箱を開けるように恐るおそるチョーク入れを開き、中から一本手に取った。

「……ああ、これですね。失礼しました」

古河は取り繕うように言ってから問題を解き始める。力を入れすぎたのか途中でチョークが折れてしまい、彼女の手が止まる。

「あの……これ、折れちゃったんですけど、大丈夫ですか？」

「チョークなんだから折れることもあるでしょう。大丈夫だから、そのまま書きなさい」

まるで初めてそれに触れるような言い方だった。いつも淡々としている彼女とは明らかに様子が異なり、どこか怯えながら黒板に数字を書いている。

その姿を目にして、僕の抱いた疑いはますます深まっていく。

「今の古河さん、ちょっとかわいかったな」

どこかの席からそんな言葉が飛んでくる。もし僕の考えていることが当たっているとしたら、かわいいなんて言葉で済む問題じゃない。

席に戻った古河は胸に手を当て、ひと仕事を終えたかのように大きく息を吐き出していた。

「ねえ古河さん。昨日のあれ、なんだったの？　もしかして、かわいいって言われるの期待してた？」

翌朝、古河が登校してくると工藤蓮美《くどうはすみ》が栗色の長い髪の毛を揺らして彼女の席に詰め寄った。くるくると巻かれた毛先が、歩くたびに軽く弾んでいる。工藤の背後には気の強そうな取り巻きの女子がふたり。

このクラスの女子のボス的存在である工藤が、以前から古河を快く思っていない生徒のひとりだということを僕は薄々知っていた。

容姿端麗でクラスの誰とも馴染もうとしない孤高の存在の古河が気に入らないのだろう。工藤は常日頃から古河のいないところで陰口を叩いているのだ。工藤も古河に引けを取らない美人だが、そのきつい性格故に、古河とは別の理由で男女問わず近寄りがたい存在となっていた。

古河はイヤホンを外してから工藤を見上げ、「ごめん、なにか言った？」と質問を返した。騒がしかった教室内はしんと静まり返り、緊張が走る。

「だからさぁ、昨日の数学の時間に、チョークどこぉ？　ってぶりっ子してたじゃん」

工藤は握った両の拳を顎に当て、誇張したモノマネを披露する。取り巻きの女子たちは「ウケる」「蓮美、それめっちゃ似てる」と工藤を持て囃した。

「……チョーク？」

古河は小首を傾げる。

「は？　また言ってるよ、こいつ」

「あんま調子に乗んなよ、お前」

彼女らはさらに容赦ない言葉を古河に投げかける。しかし古河はノーダメージだったらしく、怯むことなくその大きな瞳を工藤に向けている。

「私、そんなこと言ったかな。あんまり覚えてないんだけど」

そう言いながら、古河は再びイヤホンを耳に挿した。なんて心臓の強い子なのだろうと、僕はひやひやした。

「まだ話終わってないんだけど」

工藤がハスキーな声でどすを利かせたが、直後にチャイムが鳴って古河は解放された。途端に教室内の空気は弛緩する。

「校則はきっちり守る工藤」

どこかの席から男子の声が飛んできて、思わずクスッと笑ってしまった。古河は何事もなかったように頬杖をついて携帯をいじっている。

工藤と古河の一連のやり取りを見て、この数週間抱いてきた僕の疑念は、ほぼ確信に変わっていた。

「あの、ちょっといい？」

その日の放課後。

唯一の友人である横山柑奈と下校した古河のあとをつけた僕は、駅舎を出てふたりが別れたあとに思い切って横山に声をかけた。

「青野？　どうしたの？」

横山は僕を振り返る。綺麗に切り揃えられたショートボブが印象的で、彼女も古河に負けないくらい顔が整っている。小柄な横山は古河とタイプはちがうが、彼女も男子から人気のある女子生徒のひとりだ。たしか他校の生徒と交際していると聞いたことがある。

一年のとき、横山と僕は同じクラスだった。とはいえ話したことは数回程度しかなく、僕から声をかけたのはこれが初めてだ。

「ちょっと古河のことを聞きたいんだけど」

「桜良のこと？　桜良がどうかした？」

住宅街に囲まれた道路のど真ん中。僕は周囲に人がいないことを確認してから、声を潜めて彼女に問いかける。

「古河ってさ、記憶障害的な病気というか、なんかそういうのだったりしない？」

直接的な言葉は避け、婉曲的に訊ねた。ある意味直球ではあるけれど、あの忌々しい病名は出したくなかったのだ。

次の瞬間、横山の顔色が変わったのが見て取れた。彼女は僕を睨みつけるように目を細める。

「は？　青野、なに言ってるの？　そんなわけないじゃん」

横山は不機嫌そうに顔をしかめてから僕に背を向け、先を歩いていく。僕は慌てて彼女の背中を追った。

「本当に？　でも古河、ちょっと様子がおかしかったんだけど」

「どんなふうにおかしかったの？」

こちらに顔を向けず、早歩きしつつ横山は聞いてくる。

「なんか、チョークのことがわからないみたいでさ。ど忘れとか、そんなレベルじゃなかった。それでクラスの女子と少し揉めてて……」

そこまで話すと横山の足が止まる。彼女は思案顔で俯き、「チョークか……」と意味深に呟いた。

「やっぱり、なにかの……」

「ちがうから！　桜良、たまに天然なところがあってさ、それが出ただけだよ、きっと」

僕が言い終わる前に、彼女は語気を強めて言葉を返した。天然のひと言で納得できるような問題ではなかった。横山は再び僕から距離を取るように早歩きで先に進んでいく。

僕はそれでも引き下がらなかった。

「じゃあさ、古河って中学のときは友達がたくさんいて人気者だったって聞いたんだけど、それは本当なの？　今の古河を見てると、どうしてもそうは思えなくてさ」

横山は足を止めず、「青野には関係ないでしょ」と僕を突き放すのだった。

たしかに僕には関係のないことだ。でも、もし古河が姉の舞香と同じ病気だったとしたら、放っておくことはできない。僕はその病気に関して、ある程度の知識と理解がある。姉を苦しめたあの病が、また別の誰かを苦しめているのだと思うと見て見ぬふりはできなかった。

横山は早歩きから小走りに変わり、さらに僕から距離を取ろうとする。僕も負けじと走って彼女を追いかける。

必死に逃げる横山と、必死に追いかける僕。

傍から見ればさながらストーカーのようで勘弁してほしい。同じクラスのやつらに目撃でもされたら一大事だ。

横山はようやく速度を落としたが、僕が追いつく前に彼女は洋風の瀟洒《しょうしゃ》な一軒家の門をくぐり、玄関の前で立ち止まった。表札には『横山』とあった。

僕は門扉の前で呼吸を整えつつ、その一軒家を見上げる。三階建てで、白を基調とした豪華な家屋。庭には植木や花壇が充実していて、ちょっとしたお城のようだった。

二世帯住宅なのか、扉がふたつある。

横山は慌てているのか鍵の解錠に手こずっているようで、まだ僕の声が届く距離にいる。

背後を気にしつつ解錠に成功した横山は玄関の扉を開ける。僕はその扉が閉まる前に、少し躊躇ってから声を張り上げた。

「姉が虫喰い病だったんだ。去年死んじゃったんだけど、もし古河が姉と同じ病気なら、なにか力になりたいと思ってさ……」

張り上げた声は次第に小さくなっていく。横山はすでに玄関に入ったあとだったが扉は半開きのままで、どうやら僕の声は届いたらしい。しかし反応はなかった。

もしも僕の思い過ごしだとしたら、彼女らにとってこれほど迷惑な話はない。でも、今日までの古河の奇怪な言動や横山の露骨すぎる拒絶が余計に僕の疑いを深めている。できることなら思い過ごしであってほしい。けれど次の瞬間、横山は閉じかけた扉からちょこんと顔を出し、僕を手招きした。

「あたしの部屋で話そう」

彼女に招かれるまま、僕はその洋館のような家に足を踏み入れた。

「横山の家、広いんだな。部屋の数も多いし」

横山の部屋に通されると、僕は丸いクッションの上に腰を下ろした。僕の部屋よりも広く、けれど室内はござっぱりとしている。家具も必要なもの以外は置かれていない。

「あたしんち、五人兄弟だからね。おじいちゃんおばあちゃんは一階に住んでるから、そんなに広くもないよ」

五人兄弟で二世帯住宅。一年間同じクラスだったとはいえ、そこまでは知らなかった。

「そんなことより」と横山は勉強机の引き出しから一冊の手帳とペンを取り出し、「桜良、チョークを忘れたのね？」と僕にペンの先を向けた。

「あ、うん。授業中に先生に当てられたんだけど、チョークがわからなかったみたいで」

「そう。わかった」

横山は表情を曇らせて手帳にペンを走らせる。そして書き終わると、その手帳を僕に手渡した。

そこにはいくつもの言葉が羅列してあった。

「これは？」

「桜良が、今までに失った言葉だよ」

ため息交じりに額を押さえる横山。僕はそのひと言にどきりとしつつ、もう一度手帳に目を落とす。

『コーヒー』『クロワッサン』『タバスコ』『ひまわり』『スリッパ』など、百を超える量の言葉の数々がそこにはあった。ほかには有名人の名前やクラスメイトの名前、そして新たに書き加えられた『チョーク』の文字も。

「確認できたものだけまとめてあるから、実際はもっと多くの言葉を失っているんだと思う」

横山の口から、また深いため息が零れた。

「そっか。古河、やっぱり虫喰い病だったんだ……」

「うん。このことは絶対に誰にも言わないでね。桜良、あんまり病気のこと周りに知られたくないみたいだから」

「それはかまわないけど、でも、いずれ気づかれるんじゃ……」

「気づかれそうになったら自分から話すって。だからそれまでは、内緒にしてあげて」

思えば姉もそうだった。虫喰い病だと告げられても、姉は病気のことを隠して学校に通い続けた。自覚症状はなく、体はどこも痛くないし不調なところもない。その歳で記憶障害だなんて、姉は信じたくなかったのかもしれない。

病気のことを同情されたり揶揄われたりするのも嫌だと言っていた。親友にも黙っていたそうで、病気のことは家族以外では恋人である藤木直樹と担任の先生しか知らなかった。


「青野のお姉さんも虫喰い病だったって、本当なの?」

「本当だよ。約一年間の闘病の末、車に轢かれて亡くなった。たぶん、赤信号を失ってたんだと思う」

「……そうだったんだ。青野も大変だったんだね」

重たい沈黙が落ちる。

——姉が亡くなった本当の理由は、実はそうじゃない。姉は僕のせいで死んだ。でも、横山にそこまで話す気にはなれなかった。

「桜良はね、さっき青野が言ったように、本当はあんな子じゃないの。中学の頃は友達が多かったし、明るくて誰とでも仲良くなれる子だった」

中学時代の古河は、話に聞いていたとおり快活な少女だったらしい。彼女が変わってしまった理由は、容易に想像ができた。

「新しく友達ができても、忘れちゃうのが怖いんだって。相手のことも、過ごした時間や思い出だって失うから。高校に入ったら友達はつくらないって決めてたらしいんだけど、本当は寂しい思いをしてるんだよ、あの子」

姉もそうだったのだろうかと、話を聞けば聞くほどやりきれない思いが込み上げる。

古河も姉も、どんな気持ちで日々を過ごしていたのだろう。新学期の自己紹介の時間に、古河がイヤホンをしていた理由がわかった気がした。

きっと生徒たちの名前を知りたくなかったのだ。知らなければ忘れることもないし、それによって自分も相手も傷つくことはない。知らないことは忘れようがない。病院の待合室で、僕に名乗らないでと彼女が言った理由にも合点がいった。

「桜良、いつかあたしのことも忘れちゃうのかな……」

横山はぽつりと呟き、物憂げに俯いた。

弟である僕のことや親友を忘れてしまった姉を思うと、横山を無責任に慰められなかった。

その後僕は古河の病気のことやふたりの関係などを聞いて、外が暗くなってきた頃に横山宅をあとにした。

「青野に話を聞いてもらってちょっと楽になったかも。誰にも相談できなくてあたしも正直辛かったから。病気のこと、理解してくれる人が同じクラスにいるなら安心した。青野さえよかったら桜良と友達になってあげてくれないかな？　週明けにあたしから桜良に言っておくからさ。あと、青野の連絡先を教えて」

わかった、と返事をして玄関先まで送ってくれた横山と連絡先を交換した。

その夜、ベッドに横になり、横山に聞いた話を頭の中で反芻した。ふたりは小学生の頃から仲が良かったそうで、中学では同じバレー部に所属していたらしい。

古河がキャプテンで、横山が副キャプテンを務めていたという。高校に進学してもバレーを続けようとふたりは話していたそうだが、中学三年の冬、古河の病気が発覚した。

古河はしばらくの間塞ぎこんでいたそうだが、病気を受け入れ、治療を続けながら高校に通う決意をした。

虫喰い病はアルツハイマー病と同様に根治は難しく、薬を服用して進行を遅らせることしかできない不治の病と言われている。そんな病気を患っても平然と登校し続ける古河は強い人なのだと思った。僕の姉は学校を休みがちで最終的には通えなくなって、散々なものだったというのに。

横山は高校に進学してから古河を支えるべく、バレー部に入るのは諦めたらしい。古河には入部を勧められたそうだが、勉強に専念したいからと嘘をついて入部を断念したのだと彼女は話していた。恋人との時間よりも古河を優先するあまり、最近は彼氏と喧嘩が絶えないと嘆いてもいた。

それらを桜良に告げたら殴ると脅されたけれど、さすがに古河も横山の嘘には薄々勘づいているだろう。申し訳ないと思いつつも、横山の優しさに甘えているのかもしれない。

古河は虫喰い病を発病してから一年以上経っている。未だに問題なく学校に通えているること自体奇跡なのだ。

今後病状がさらに悪化したら、きっと隠し通すのは難しくなるだろう。それまでの間なら、古河の力になってもいい。姉を死なせてしまった贖罪も兼ねて自分の死を延期して、彼女を支えようと思った。古河と同じクラスでなかったら、そして夜の公園で見かけていなかったら、こんな気持ちは抱かなかったかもしれない。

彼女との繋がりはクラスメイトという小さなものだが、自分から踏みこんでおきながらなにもしないわけにはいかなかった。

考え事をするなら歩きながらの方が捗る。ベッドから飛び起きて、僕は両親の目を盗んで夜の散歩に出かけることにした。

風ひとつない、静かな夜だった。遠くの方で車の走る音が聞こえるだけで、すれちがう人もいない。思索に耽るには最適だ。

浮かんでくるのは古河と姉のことばかり。姉になにもしてやれなかった僕が、果たして古河の力になれるのだろうか。横山には虚勢を張って協力すると言ってしまったけれど、実際なにをすればいいかまでは考えていなかった。

そのまま思案を重ねて数十分歩き続け、前方に見覚えのある公園が見えてきた。

今日もいるだろうかと、公園の中央に視線を向ける。

「あ、やっぱりいた」

屋根つきのベンチにひとりの少女が座っていた。きっと病気のことで思い悩み、僕のようにひとり静かな場所で物思いに耽りたいのだろう。

邪魔をしてはいけないと僕は公園を避け、進路を変える。

しかしすぐに足を止め、踵を返して園内へ進んでいく。週明けに横山が僕のことを話すと言っていたが、大事なことだから自分から告げるべきだと思ったのだ。

古河はL字のベンチの隅に腰掛けていた。薄手のカーディガンを羽織り、膝の上に乗っている黒猫の背を優しく撫でている。

さらに数メートル歩み寄ると、古河は顔を上げて射竦めるように僕を見た。

「こんばんは」

第一声を考えていなかった僕は、無難に夜の挨拶を投げかけた。古河の目が警戒の色に変わる。目力が強くて一瞬怯んでしまった。

「青野くん……だっけ」

彼女の透き通った声が耳朶を打つ。まさか僕の名前を覚えてくれているとは思わなかった。

「うん。そこ、座っていい？」

Ｌ字形ベンチの空いている方に指をさすと、「うん、いいけど」と警戒したまま古河は言った。警戒しているのは彼女の膝の上にいる黒猫も同じようで、僕が近づくとぴょんと飛び跳ねてそこから脱出した。

「あっ」

古河は寂しげな声を漏らす。「ごめん」と僕はひと言謝る。黒猫はそのまま草陰に消えていった。

次の言葉がなかなか浮かばず、気まずい沈黙が流れる。古河は携帯をいじりだし、僕のことなど気にしていない様子だった。

「あの……」

掠れた声を発すると、「なに？」と古河は携帯をポケットに入れて聞き返した。

「古河の病気のこと、横山から聞いた。そうなんじゃないかって前からずっと思ってて、問い詰めたら教えてくれたんだ」

ひと息に言うと、息を呑む気配がわずかに感じられた。公園の街灯は近くにあるが、屋根があるため光は遮られ、彼女の表情をはっきりとは確認できない。けれど、僕を睨んでいるのだけは薄らと見えた。

「柑奈、話したんだ。私のこと」

抑揚のない、冷たい声に背筋が伸びる。言葉足らずだったと慌てて補足する。

「話したというか、俺が無理やり家まで押しかけて聞き出したような感じだったから、横山は悪くないよ」

「……それで？　私の病気のことを知って、どうするつもりなの？」

敵愾心《てきがいしん》むき出しの声音に肝を冷やしたが、怯むことなくはっきりと告げる。

「古河の力になりたいって思ったんだ」

言いながら汗が頬を伝い、膝元に零れ落ちる。古河はなにも言わず、ただ僕の目をじっと見つめている。沈黙に耐えられず逃げ出したくなったが、ややあってから古河は俯きがちに言った。

「私の問題なんだから、青野くんには関係ないでしょ」

「たしかにそうだと思う。でも、どうしても放っておけなくて……」

どうして、と古河が発した声に被せるように、僕は強く主張する。

「姉が古河と同じ病気だったんだ。だから、少しは役に立てると思ったから……」

古河の目の色が警戒から驚きの色に変わった。身を乗り出していた彼女は、ふっと力が抜けたように背もたれに寄りかかった。

返事がないので、僕はそのまま続ける。

「姉は弟の俺のことや親友のことも忘れてさ、ほかにも大切なものを次々と失って……。それなのに俺は姉になにもしてやれなかった」

目の奥が熱い。姉のことになるとすぐに涙腺が緩くなる。

思えば姉が亡くなった夜も、今日みたいな静謐な夜だった。僕がなにもしなかったせいで、姉は死んでしまったのだ。

古河は相槌も打たず、黙って僕の話を聞いている。

「だから、少しでもいいから力になりたかった。ただそれだけだよ。迷惑ならこのことは忘れる」

最後のひと言は、古河の前では言うべきではなかったと自分の無神経さに辟易した。いくら待っても返事がなく、いたたまれなくなって僕は腰を上げた。

「待って」

去ろうとした僕を古河が呼び止める。振り返ると、彼女は切実な目で僕に訴えかけた。

「お姉さんの話、よかったら聞かせてくれない？」

驚きつつ、僕はもう一度ベンチに腰を下ろす。どこから話せばいいか、と頭の中で順序を組み立てて、姉の身に起きた悲劇を古河に打ち明けた。

両親は共働きでいつも帰りが遅く、小さい頃は姉が僕の面倒をよく見てくれた。僕が悪いことをしても私のせいだと庇って親に叱られたり、友達と喧嘩をしたときも仲を取り持ってくれたりと、常に自分のことよりも僕を優先してくれていた。

優しくて美人で頼りがいのある、自慢の姉。

僕は姉を慕い、どこへ行くにも彼女のあとについて回っていた。

そんな姉の舞香が虫喰い病だと告げられたのは、彼女が高校一年で、僕は中学二年の冬を迎えた頃。バイト先のファミレスでメニューの一部を失い、クビになったことが事の発端だった。

僕の知る限り、姉が最初に失った言葉はハンバーグだった。

ハンバーグを注文されて「そんなメニューはありません」と姉は何度も答えた。メニュー表の写真を見せられて謝罪する、というのを繰り返し、「もう来なくていいよ」と店長に呆れられたらしい。姉は「疲れてただけだから」と言い張っていた。

しかし、その後も姉の奇行は目立つようになった。爪切りを失って鋏で爪を切ろうとしたり、スプーンを失ってカレーを箸で食べていたり。

なにやってんだと指摘しても、姉はまた同じことを繰り返した。

さすがにおかしいと思った両親に連れられ、病院に行った姉が様々な検査を受けた結果、虫喰い病である可能性が高いと診断された。

治療を続けても根治することはなく、やがて死に至る病だと知った姉は、精神的に追い詰められてうつ病を併発した。虫喰い病の治療と並行しながら精神科にも通う羽目になった。

姉はしばらく学校を休んで治療を続け、なんとか通えるまで回復したが、クラスの中に何人か記憶にない生徒がいたと泣きながら帰宅したことがあった。その中のひとりは中学の頃から姉と仲が良かった生徒で、何度かうちに遊びに来たこともあった人だ。

「その人、姉ちゃんの親友だった人じゃん」

余計なひと言を放ってしまった僕のせいで、姉はまた数日間塞ぎこんで学校を休んだ。ごめん、と僕はそのときのことをのちに姉に何度も謝った。

眠ることでなにかに関する記憶を失ってしまうため、姉は夜を怖がった。夜中に目が覚めて発狂することも珍しくない。夜になるとものに当たったりパニックに陥ったりで、手がつけられなくなる。

「眠りたくない」と泣きながら叫んで眠気防止薬を大量に服用し、急性カフェイン中毒に陥って病院に搬送されたこともあった。そのまま数週間入院し、退院してからは姉の行動を常に監視しなくてはいけなくなった。

両親も僕も、変わり果ててしまった姉の姿を見て心を痛めた。明るくて家族思いで、あの優しかった姉はもうどこにもいない。病気が発覚してからはまるで別人のようだった。

姉は成績優秀でスポーツも万能。時々僕に勉強を教えてくれたりしたこともあって、将来は教師になりたいと常々話していた。

そんな姉のことを、僕は尊敬していた。

病気のことを周囲に隠していた姉だったが、恋人である藤木直樹には直接打ち明けたらしい。

姉の異変に最初に気づいたのがほかの誰でもない藤木だった。藤木は客として姉のバイト先に出向き、ハンバーグを注文されて戸惑う姉の異変を察知し、僕の両親に報告した。藤木は姉の病気が発覚してからは頻繁に僕の家に来るようになり、姉を支えてくれた。姉は僕よりも藤木を頼ってばかりで、僕は藤木に軽く嫉妬した。

僕も負けじと姉を支えるべく、少ない貯金をはたいて虫喰い病の関連書籍を買い漁った。読めば読むほど難解な病で、脳に関する書籍にも手を出して理解を深めていく。

勉強の時間を削ったり、友達の誘いを断ったりと、姉との時間を増やすようにしたが、病気が判明してから半年後、姉はついに僕のことを忘れてしまった。

「おはよう」

朝、起きてきた姉に声をかけると、彼女は怯えたような顔つきで僕を見て、疑問を呈した。

「……どちら様ですか？」

トーストが僕の手から落ちる。椅子から立ち上がろうにも、足に力が入らない。姉が発した言葉が、頭の中で何度も反響する。他人を見るようなその目が、僕の胸を深く抉った。

いつかはこんな日が来るとは思っていた。でも、いくらなんでも早すぎる。僕はなにも言い返せず、頭が真っ白になった。

「舞香、悠人のことがわからないの？」

母が姉の肩を摑み、力強く揺さぶった。姉は怯えた表情のまま何度も首を横に振る。

「あなたの弟でしょう？」

母は泣いた。姉は奇声を上げ、頭を抱えて泣き崩れた。

姉は僕のことを忘れてしまった。一緒に過ごした時間も、交わした言葉も、喧嘩をしたことや些細なこともなにもかも全部、一夜にして消えてしまったのだ。あまりの悲しさに涙が溢れ、やがてぼろぼろと零れ落ち、僕はテーブルに突っ伏して泣いた。

父は僕を慰めようと肩をさすってなにか声をかけてくれたが、まったく耳に入ってこない。大好きだった姉は、もう僕の姉ではなくなった。彼女にとって僕は他人なのだ。

悲しみと怒り、悔しさや失望。いくつもの感情が押し寄せて涙が止まらなかった。

その日は学校を欠席し、部屋に閉じこもって泣き続けた。

しかし夜になって落ち着いてくると、姉を支えてやりたいと強く思っていた僕の気持ちは、次第に消滅していった。それまでの僕の努力や姉のために費やしてきた時間が無駄になったのだと思うと、途端に馬鹿らしくなった。


翌朝、藤木が自宅を訪れた。彼は姉と同じ高校に通っているため、毎朝姉を迎えに来てくれる。

「あ、おはよう」

昨日一日泣き散らかして腫れぼったい顔を向け、会釈だけで藤木に応えた。彼は姉と知り合ってまだ数年程度なのに、なぜ僕の方が先に忘れられるのだ、と藤木に対して理不尽な怒りを覚える。早く藤木のことも忘れてしまえばいいのに、と内心思った。

「青野、今日は早く帰らなくていいの？　お前の姉ちゃん、なんかの病気なんだろ」

「ああ、大丈夫。もう治ったから。それよりお前んちでゲームしようぜ」

放課後、僕はいつも断っていた友達の誘いを受けた。姉のことが気になって放課後は真っ直ぐ帰宅していたが、もうどうだってよかった。藤木がついているし、存在を忘れられた僕が姉にしてやれることはなにもない。

顔を合わせるたびに「あなたの弟だった悠人です」なんて悲しい自己紹介はしたくない。あとは両親と藤木に託すことにして、僕は受験勉強や友達との時間を優先していった。

「今のお前の姉ちゃんじゃないの？　なんか雰囲気変わったな。昔はもっと美人だった気がする。てか、姉弟なのに無視するなんて仲悪いのか？」

友達と近所のコンビニに行くと、姉と鉢合わせたことがあった。姉は当然僕には気づかず、僕は他人のふりをして声をかけなかった。

「いや、人ちがいだと思う」

そうやってごまかしてその場をやり過ごした。昔は自慢の姉だったが、今は化粧っけもなく目は虚ろで、この変わり果てた姉のことを誰にも知られたくなかった。


姉が僕を忘れた日から一ヶ月が過ぎたある日曜日。夕方、彼女はリビングのソファに腰掛け、ボロボロのテディベアを胸に抱いてテレビを観ていた。

それは僕が小学四年生の頃、姉にプレゼントしたものだった。些細なことで姉と喧嘩をし、しばらく口を利かなかったとき、仲直りがしたくて姉に渡した大きなクマのぬいぐるみ。

当時の僕は貯金箱を砕いて小銭をポケットに詰め、ゲームセンターへ走った。姉が以前狙っていたクレーンゲーム機の景品のひとつ。キャラクターものなど、かわいいものに目がない姉にこれをプレゼントすれば機嫌は直るだろうと思った。

ほぼ全財産を費やしたが、得たものはそれなりに大きかった。姉と仲直りができて、宝物にするとまで言ってくれた。

しかし、その後も姉と喧嘩をするたびにそのテディベアを取り合ったりして乱暴に扱い、ボロボロになっている。姉はそれを今でも大事にしていた。

僕がリビングに下りてきたことに気づいた姉は気まずそうに顔を伏せる。朝起きたら勉強机の上のメモ帳に『弟の悠人のことを忘れてしまった』と僕の顔写真とともに記しているため、毎朝自己紹介する手間は省けている。

とくに会話をすることもなく、僕は麦茶を飲んでまた自分の部屋に向かおうとした。すると姉は、「忘れちゃってごめんね」と、もう何度目かもわからない謝罪をしてきた。僕のことを認識できないからか、話した内容もあやふやになっているのに。

僕は苛立ちを隠して「しょうがないんじゃない」と何度口にしたかわからない言葉を言う。

「ていうかそのぬいぐるみ、ボロボロだからもう捨てたら？」

姉と喧嘩をしたときに引っ張り合い、一度左腕が取れてつぎはぎだらけのテディベア。中に詰まっている綿も少し飛び出してしまっている。

思い出とともに、そのぬいぐるみも捨て去ってほしかった。

「捨てないよ。これは、私の宝物だから」

姉はぎゅっとぬいぐるみを抱きしめる。

「誰にもらったものかは忘れちゃったけど、このぬいぐるみだけは失いたくない」

――誰にもらったものかは忘れちゃったけど。

その言葉が、僕の胸をさらに深く抉った。

「……そっか」

短く返事をして、僕は溢れそうになる思いを胸にしまって自室に向かった。ぬいぐるみのことは覚えているのに、僕のことはひとつも覚えてないんだな、と改めて姉に失望した。

さらに数ヶ月が経つと、姉はもうひとりの親友を忘れてしまった。

またひとり、自分は大切な人を失ってしまったのだと姉は嘆いた。併発したうつ病は落ち着いていたが、姉の心は再び荒れ、毎朝やってくる藤木に対しても心を閉ざすようになった。

藤木は少しも悪くないのに、僕は彼を責めた。

「迷惑なので、もう姉には近づかないでください」とまで言い捨てた。しかし藤木は、懲りずに毎日のように姉を迎えに来るのだった。

両親も藤木に姉を託し、彼を信頼してもいた。けれど姉は徐々に病んでいき、次第に治りかけていたうつ病の症状が再び出始めた。

そしてその日はやってきた。中学三年の終わり頃、高校受験を控えていた僕は塾の帰り道、自宅を出てこちらに来る姉の姿を見かけた。

時刻は午後の九時を回ったところ。こんな時間にどこへ行くのだろうと疑問に思ったが、声をかけても僕のことはわからないだろうし、その頃には姉に関わること自体に嫌気が差していた。

どうせそのうち帰ってくるだろうと、僕は姉のすぐ横を素通りした。すれちがう瞬間、姉が泣いていることに気がついた。涙を流しながらなにかぶつぶつ呟いている。

「ごめんなさい」と、その言葉だけは微かに聞き取れた。

声をかけようか迷ったが、またいつものうつ症状だろうと見放した。

帰宅した僕は、母に姉のことを聞いた。コンビニに行くと言って出かけたそうだが、コンビニとは方向がちがったし、明らかに様子がおかしかった。

扉が半開きになっていた姉の部屋を覗いてみると、勉強机の上にメモ帳が開いた状態で置いてあり、そこには短い言葉が綴られていた。

『これ以上大切な人を失いたくない。もう限界です』

その文字を見て、僕は家を飛び出して姉を捜し回った。自転車に乗って、姉とすれちがった場所に戻り、周辺を捜索した。

「姉ちゃん！」

柄にもなく、大声で叫んだ。とにかく必死だった。姉の部屋にあったあの文章は、誰がどう見たって遺書だ。姉に電話をかけてみても、一向に繋がらなかった。

――ごめんなさい。

姉とすれちがったときに聞こえた声が、頭の中で何度も反響する。謝りたいのは僕の方だ。半泣きのまま、僕は懸命にペダルを漕いで姉を捜し続けた。

そのとき、遠くの方で人だかりができているのが視界に入った。パトカーや救急車が数台止まっている。

立ち漕ぎをして大きな国道の交差点に近寄ると、救急車がサイレンを鳴らして走り去っていくところだった。僕はブレーキを握りしめ、遠ざかっていく救急車を呆然と見つめた。

姉はその交差点で赤信号を渡り、車に撥ねられて意識不明の重体で搬送されたのだ。

両親とともに病院に駆けつけたが、手術中ですぐには会えなかった。

術後、姉は集中治療室にて入院。なんとか命を繋ぎとめたものの、予断を許さない状況で母は一日中姉に付き添った。

姉の部屋に残されたメモ帳の、メッセージの書かれた最後のページは、破り取って僕の財布の中に隠した。赤信号を失ったことによる事故だと思いこんでいる両親をこれ以上悲しませたくなくて、真相は伝えなかった。

数日経っても姉は目を覚ますことなく、昏々と眠り続けた。その間も少しずつ姉の記憶が失われているのかもしれないと思うと、胸が苦しくて耐えられなかった。

そして姉は、事故に遭った日から四日後にこの世を去った。母からの着信で僕はそれを知った。

姉が生死の境を彷徨っていた四日間、僕は自室の布団に包《くる》まって引きこもっていた。両親とともに一度病院に駆けつけてからずっと。

姉が事故に遭ったのだからショックを受けているのだろうと両親は気遣ってくれたが、本当はそうじゃなかった。

あの夜、すれちがったときに僕が姉に声をかけていれば、自殺を防げたかもしれない。姉の異変に気づいていながら、僕は見て見ぬふりをした。

僕がなにもしなかったせいで、あんなことになってしまったのだ。

寝ても覚めても、僕は自分を責め続けた。食欲がなくて、その四日間はほとんどなにも口にしなかったが、空腹を感じることはなかった。

姉が亡くなったと知らされたときは、目の前が真っ暗になってなにも考えられなかった。

母は病院に泊まりこんでいたので父と一緒に車で向かい、姉の遺体と対面した。後頭部を強く打った以外に激しい損傷はなく、姉は綺麗な顔で眠っているように目を閉じていた。

虫喰い病患者は自ら命を絶つ者も少なくないと聞いたことがあった。少しずつ記憶に穴が開き、空っぽになって死んでいくよりはマシなのかもしれない。

とくに十代の患者に自殺者が多いらしい。姉も例に漏れず、統計が示すとおり自ら死を選択したのだ。

葬儀には姉のクラスメイトたちがぞろぞろとやってきて、この中に姉が覚えている人はどのくらいいるんだろう、とぼんやり眺める。目を真っ赤に充血させた藤木の姿もあった。

僕は姉を失った憐れな弟を演じてやり過ごした。本当なら姉を死なせてしまった僕が、葬儀に参列する資格なんてあるはずがない。棺の中の姉の顔にも、遺影にも目を向けることができなかった。

その後も僕はのうのうと生き続け、受験に合格して高校に進学したが、楽しいと思えることはひとつもなかった。

僕がもう少し姉に優しくしていれば。あのとき姉を引き留めていれば。

気分転換に夜の散歩に出かけても、浮かんでくるのはそんなことばかり。

誰かに自分の思いを聞いてほしくて、一度だけ匿名でＳＮＳに投稿したことがあった。

『僕のせいで姉が死にました』

長くなるので複数回に分けて事の経緯を説明すると、最初は僕を擁護する声が多かったが、投稿が拡散されるにつれて批判の声も少しずつ増えていった。

『それはお前が悪い。無視するなんて最低』

『姉ちゃん辛かっただろうな。こんな冷たい弟を持ったことが一番の悲劇』

『姉を殺したのはお前だ』

容赦ない言葉が僕の胸に突き刺さる。割合でいえば圧倒的に僕を擁護するコメントが多かったが、どうしても批判ばかりが目に留まるのだ。

『死にたい』と呟くと、今度は一斉に『早く死ね』『どうせ口だけだろ』『いつ死ぬんですか？』と嫌なやつらが群がってきて余計に落ちこんでしまう。ＳＮＳに載せるんじゃなかったと後悔し、終いには夢の中でも後悔するようになった。

いつしか僕は生きることが嫌になり、本当に死にたいと思うようになった。

この終わりなく続く苦しみから解放されるなら、死んだ方がマシだった。


死のうと考えていることは伏せ、そこまで古河に話したところで僕は自分が泣いていることに気がついた。姉についてこれほど詳細に誰かに話したことは今までなかったし、姉の死の真相を打ち明けたのも初めてだった。

古河はベンチの上で体育座りをするように膝を抱え、じっと僕の話を聞いていた。

「みゃあ」

「うわっ」

突如黒い塊がベンチの下から現れ、思わずのけ反ってしまう。よく見ると先ほど逃げていった黒猫が僕を慰めるように足にすり寄ってきた。

「その子、人懐っこいでしょ？」

古河は学校では一度も見せたことのないような、柔らかい笑みを僕に向ける。彼女が親友の横山と一緒にいるときにだけ見せる笑顔。

おいで、と古河が優しく声をかけると、黒猫は彼女の足元へ歩いていく。古河はそっと黒猫を抱き上げた。

「青野くんのお姉さん、楽になれたのかな」

膝上に乗せた黒猫の背を撫でながら、古河は言った。

「……さあ。どうなんだろう」

「でも、なんか気持ちわかるな。それ以上大切な人やものを失う前に、自分から終わらせたいって気持ちは。死んじゃったら全部失うのはわかっているけど、きっとそういうことじゃないいんだろうな」

古河の言っていることはなんとなく理解できる。家族や恋人、友達や大切な思い出さえも失って死んでいくなんて辛いだけだ。そのうえもし自分のことまで忘れてしまったとしたら。

僕があのとき姉を引き留めていたら、彼女をもっと苦しめていたのかもしれない。そう考えると、なにが正解だったのかわからなくなった。

「夜が怖いっていうのも、共感しかない。私も夜が嫌い。自分の部屋にいると思い詰めちゃいそうで、だからいつもここで心を落ち着かせているんだ」

「そうだったんだ」

虫喰い病は眠ることでなにかの記憶を失ってしまう。彼女は物怖じしない性格だと思っていたけれど、姉もそうだったように古河にとっても朝を迎えることは覚悟がいることなのだろう。

「青野くんもたまに夜出歩いてるよね。この辺でバイトでもしてるの？」

「あ、いや、ただ夜の散歩が好きなだけだよ。考え事が捗るから。悩み事とかね」

死ぬ方法を考えながら散歩をしているとは言えなかった。

「そうなんだ。てか、ごめん。さっきのお姉さんの話、本当は慰めたりしなきゃだめだよね。青野くんは悪くないよ、とか。でも、そんな言葉をかけられても迷惑だろうし、私だったら、なにも知らないくせにって反発しちゃうと思うし」

古河は僕の方を見ずに、黒猫の背を撫で続ける。黒猫は長い尻尾を小刻みに揺らしながら、気持ちよさそうに目を瞑っていた。

「や、下手に慰められるより全然マシだし。古河は当事者でもあるんだから、むしろ聞きたくない話だったよな、きっと。それより、こんなに喋る古河を見たの初めてだから、ちょっと驚いてる」

本当は明るくて友達が多かったと横山は古河のことを話していた。まだ心を開いてくれているとは言えないが、姉の話を打ち明ける前と今とでは、彼女の表情も声音もいくらか柔らかいものに変わっていた。

僕はそのとき、古河の本当の姿を見てみたいと思った。

「私だって、喋るときは喋るからね」

「そっか。学校でもそれくらい話せばいいのに。たぶんクラスの連中、古河のこと怖い人だって誤解してると思うよ」

「いいの、べつに。それが狙いでもあったから。友達をつくっても、どうせ忘れちゃうだけだし。私はもう受け入れてるから、自分の病気のこと」

古河は諦観したように深く息を吐き出す。「私も最初は青野くんのお姉さんみたいに、めちゃくちゃ絶望したけどね」と彼女は陽気に付け足した。

無理して明るく振る舞っているようにも見える。彼女の本心は判然としなかった。

「今は寝る前に覚悟を決めてから寝るようにしてる。諦めに近いけどね」

返す言葉が見つからない。古河はクスッと笑みを零してから、僕を気遣ってか話題を変える。

「工藤さんだっけ、あのギャルの子。絡まれたとき、めちゃくちゃ怖かったなぁ」

「ああ、工藤蓮美ね。怖いよな、あいつ。全然平気そうに見えたけど、実は怖がってたんだ、あれ」

「超怖かったよ。内心どきどきだった」

胸を押さえて古河はまた笑う。教室にいるあの無愛想な古河桜良とはまるで別人のようで、僕もつられて笑ってしまった。

「ねえ、辛くなかったらでいいんだけど、青野くんのお姉さんの話、よかったらもう少し聞いてもいい？」

「うん、いいよ」

自分と同じ病気だった僕の姉に興味を抱いたのか、古河は僕にいくつか質問をしてきた。姉の病気の進行の仕方やどういう生活を送っていたかなど、僕は覚えている範囲で答えた。病状に関しては古河はすでに当時の姉より進行しているはずだから、参考になるのか微妙なところだけど、彼女は興味津々といった様子で相槌を打った。

「これが姉の舞香だよ」

携帯の画面を古河に見せる。中学の頃、僕の部屋で姉とふたりで撮った一枚。まだ病気が見つかる前の、元気だった頃の写真だ。一緒に撮ろうと言われて、当時写真嫌いだった僕は、嫌々撮ったのを今でもよく覚えている。

「舞香さんっていうんだ。綺麗な人だね。青野くんにはあんまり似てないけど」

「それ、よく言われる」

「やっぱり。あ、なんかメッセージ届いたよ。私もそろそろ帰らなきゃ」

母からの帰宅を催促するメッセージが画面上に表示されて慌てて返信する。その前からすでに五件も届いていたらしい。話しこんでいて気づかなかったが、時刻はまもなく夜の十時を回ろうとしていた。

「ネロ、悪いけど下りてくれる？」

古河は膝上の黒猫を抱き上げてそっと離した。

「ネロっていうの？　その猫」

「うん。私が勝手につけたんだけどね。ネロはイタリア語で黒って意味。クロって名前だとそのまますぎてつまんないから、ネロにしたの」

「そうなんだ。いい名前だと思う」

「でしょ！」

この日一番の笑顔を見せる古河。姉と同じ病気を患っているとは思えないほど眩しい笑顔だった。きっとこれが本当の彼女の姿なのだろう。

姉の代わりと言ったら聞こえはよくないけれど、古河の力になりたいと改めて思った。

「家まで送っていくよ」

「ううん、大丈夫。私の家、すぐそこだから」

「そっか、わかった」

公園を出る前にネロをふたりで撫でて、僕たちはそれぞれの帰路につく。

「あ、そうだ。私のことは名字じゃなくて、名前で呼んで」

背中越しに届いた声に、僕は思わず振り返る。

「えっと……うん、わかった」

唐突な提案に戸惑いつつも、そう答えておいた。

「ちょっと試しに呼んでみて」

「……桜良？」

恐るおそる呼んでみると、「なんで疑問形なの？」と彼女はくすりと笑う。話の流れで自然に呼ぶならまだしも、改まってそう言われると照れくさかった。

「じゃあまた、学校で」

「うん、じゃあね。いろいろ話聞かせてくれてありがとう」

手を振り合うことはなかったけれど、僕は彼女が暗闇に消えるまで、その姿を見送った。

初めて姉のことを話せて、胸が軽くなった気がした。

夜の密会

桜良と夜の公園で語り合った日の翌日。僕は朝から自室の本棚を漁り、改めて虫喰い病について学び直していた。

三百冊近くあるうちの大半は漫画本だが、その中から虫喰い病についての本をいくつか引っ張り出して目を通していく。

姉の病気が見つかってから買い漁ったもので、関連書籍は全部で六冊あった。そのほかに、虫喰い病は脳の病気でもあるため、脳のしくみや記憶についてなどの関連本もひと通り揃えている。

僕は以前から人間の脳に興味があった。小学六年生の夏休みには、自由研究として脳について調べ上げたものを提出し、一定の評価を得た。

僕が最初に人間の脳に興味を持ったのは小学五年生の秋、当時の担任がホームルームの時間に、癌を患ったと生徒たちに打ち明けたことがきっかけだった。

「先生は、もしかしたら皆の卒業式には出られないかもしれません」

四十代後半の、分厚い眼鏡をかけた担任は涙を堪えてそう口にした。進級してもクラス替えはなく、担任も替わらないので、本来であれば六年生になっても彼がこのクラスを受け持つ予定だった。

そのときの担任の悔しさが滲んだ表情を、今でも強く覚えている。

病状がどれくらい進んでいたのかわからないが、数ヶ月後に担任は休職し、代わりに別の教師が僕らのクラスを受け持つことになった。

　癌を患い休職していた担任はその後、僕たちが六年に進級したのと同時に復職した。誰もが担任はもう戻ってくることはないだろうと思っていたが、彼は何事もなかったようにけろっと復帰してきたのだ。

　顔色は良好で、体格も以前と変わらない。むしろひと回り大きくなった気もした。いったいなにがあったのか、誰もが驚きを隠せないでいた。

「端的に言うと、誤診だったみたいなんだ」

　担任は頭を掻きながら、顔に含羞の色を浮かべて言った。まるで他人事のようにおどけて話すものだから、あまり現実みが感じられない。

　詳しく話を聞くと、癌であると診断された担任は、誤診であったにもかかわらず自分は癌だと思いこみ、その後急激に体調を崩した。

　しかし治療を続けていくうちに誤診だったことが判明し、途端に症状が緩和した、ということらしい。

「癌だと思いこんだことで体調を崩したんだって。でも実はそうじゃなかったみたいでさ。ある意味儲けもんだよ」

　けらけら笑いながら担任は明るい口調で話す。体調は少しずつ回復していき、今やすっかり健康なのだと彼は声高に主張した。

つまり脳の勘ちがいによって引き起こされた自作自演の生還劇だったというわけだ。自作自演とはいえ自分でコントロールできるものではないため、担任自身も相当驚いている様子だった。

「こんなことってあるんだなって本当にびっくりしたよ。皆が折ってくれた千羽鶴のおかげかもな」

最後に担任は、呑気にそんなことを口にした。その嘘みたいな奇跡的な出来事は地元の新聞にも載ったし、ネット記事にもなって今でも残っている。

その一件があってから、僕は人間の脳について興味が湧いた。

図書室で脳に関する本を読んでみたり、自宅のパソコンで調べたりして情報を集めた。するとたしかに担任の身に起こった出来事と同じような事象が世界のあちこちで確認されていた。

担任と同じように癌であると診断されたアメリカ在住の男性は、自分は癌によって死ぬのだと思いこみ、次第に弱っていった。そして最終的に彼は命を落としたが、実は誤診だったことが死後に判明した。

彼は自分が癌で死ぬと思いこみ、健康体であったにもかかわらず脳の勘ちがいによって死ぬことになってしまったのだ。

似たような事例はほかにもたくさんある。

とある女性はマッサージを受けに行き、「肩がこってますね」と言われた途端に自分は肩がこっているのだと思いこむ。それまでは感じていなかった肩が気になり、肩こりをつくり出してしまった。

とくに僕の目に留まったのは、薬に関する一文。

この薬を服用すれば副作用が出る、と不信感を抱いたまま服用すると、実際にはそんな効果のない薬でも副作用が出てしまうことがあるらしい。

これらの事象をノーシーボ効果といい、それとは反対に、プラシーボ効果というものもある。

有効成分が含まれていない薬を風邪薬だと思いこんで服用した患者が、実際に症状が改善されたという事例が何件も報告されている。原因は解明されていないそうだが、思いこみによる暗示や自然治癒力などが作用している可能性があるのだとか。

それを思い出したとき、僕は薬局へ走り、数百円で購入したサプリメントを握りしめて「この薬が効くんだって！」と姉に告げて飲んでもらった。しかし姉の病気が治ることはなかった。それらの効果は必ず表れるわけではないし、風邪薬ならまだしも、虫喰い病など認知症の類いは多少薬の効き目が増した程度で治る病気ではなかったのだ。

これで姉の病気が治るかもしれないと浮かれていた当時の自分があまりにも滑稽で、

今考えると馬鹿だったなと思う。あのときはなりふりかまわず必死だった。

週末は関連する書籍をひたすら読んで、改めて虫喰い病に関する知識を深めた。日曜の夜に散歩に出かけたときは桜良の姿はなく、諦めて引き返した。

連絡先を交換すればよかったと悔やみながら帰宅し、迎えた月曜日。

いつものように自転車で最寄り駅へ向かい、桜良の姿がないか捜したが見当たらない。

「悠人くん、おはよう」

代わりに電車で鉢合わせたのは姉の元恋人の藤木だ。

「どうも」

いつも通り無愛想に応えて、僕は車両を移動した。彼の顔を見ると姉を思い出してそのたびに胸の傷がうずくのだった。

教室に到着してもまだ桜良の姿はなかった。彼女はいつも僕より遅く登校する。自分の席に座って待っていると、チャイムが鳴る数分前に桜良はやってきた。

クラスメイトたちと極力関わらないようにしているためか、彼女は毎日遅刻ぎりぎりに登校してくる。

「おはよう」

桜良が着席すると、僕は身を乗り出して彼女に声をかけた。彼女は僕を一瞥して、

「おはよ」とにべもなく返す。

「この間は……」

と僕が言いかけると桜良はぷいと顔を背け、イヤホンを耳に挿して周囲の音を遮断した。

僕を拒絶するかのようなその行動に虚を衝かれる。先週僕に見せたあの屈託のない笑顔は幻だったのだろうか。もしくは古河桜良はもうひとり存在しているのか。

直後にチャイムが鳴り、彼女はイヤホンを外して教科書とノートを机の上に置いた。その動きはどこか機械的で、やはり学校の桜良と公園にいる桜良は別人なのではないかと思えてくる。

一時間目の授業が終わると同時に彼女はすぐさまイヤホンをつけたので、またしても声をかけられなかった。

彼女はその後も休み時間になるたびに同様の行為を繰り返し、僕は話しかけるタイミングをことごとく逸した。

昼休みになると桜良はイヤホンを挿したまま持参した弁当を食べ始める。彼女の席はまるで四方を見えない壁で囲まれているようで、なんとも近寄りがたい雰囲気が漂っていた。

桜良は弁当を食べ終わるとやはりイヤホンを外すことなく席を立ち、どこかへ消えていった。彼女が昼休みに教室を出るときは横山の教室に行くかトイレに行くかだ。さすがにあとを追うわけにはいかない。

彼女は少しも隙を見せず、いくら待ってもなかなか声をかける機会が訪れない。諦めかけていると、教室に戻ってきた桜良が僕の目の前を通ったとき、一枚の紙片をさっと僕の机の上に置いた。

僕はそのふたつ折りの紙片を隠すように手に取る。いったいなんだというのだろう。慣れないシチュエーションにどきどきする。

僕は周囲に視線を走らせ、誰も見ていないことを確認してからそれを開く。

『今日の夜、緑ヶ丘《みどりがおか》公園で待ってる』

紙に書かれた短い文章を何度も読み返しているうちに、昼休みの終了を告げるチャイムが鳴った。


その日、僕は八時を回った頃に家を出て緑ヶ丘公園へ向かった。桜良にもらった紙に時間は書かれていなかったので、先日彼女と話した時間帯に合わせることにしたのだ。

夜の散歩は親に禁止されていたが、すぐ帰ってくるなら、という条件つきで許された。すぐ帰るつもりは毛頭ないけれど。

自宅を出て約三十分。桜良が待っているであろう緑ヶ丘公園が見えてくる。背の高い木が何本もそびえ立っているが、いくつもの街灯が園内を照らしていて、公衆トイレの光も漏れているので夜でもそれなりに明るい。

桜良はいるだろうかと屋根つきのベンチに目を向けると、もはや公園の一部であるかのようにそこに彼女はいた。膝上には今日もネロがくつろいでいる。

今はイヤホンを挿していないので、僕は迷いなく声をかける。

「こんばんは」

「あ、こんばんは」

お互いにぎこちない挨拶。先週少しは仲良くなれたと思ったのに。まさか僕のことを忘れてしまったわけではないだろうな、と疑ったが、彼女はふっと口元を和らげた。

「今朝はごめんね。無視したわけじゃないんだけど」

「あ、うん。もしかして学校では話しかけない方がよかった？」

「なるべく教室では隙を見せたくないから。青野くんと仲良くしてると、声かけていいんだ、って思われそうで……」

「そういうことか」

学校では相変わらず友人をつくる気はないらしい。気持ちはわからなくはないが、教室で孤立している彼女を見るのはあまりいい気分ではない。

「友達を忘れるのって、一番失礼なことだし辛いことだから」

その言葉を聞いて、姉の遺書に書かれていた文字が頭に浮かんだ。

――これ以上大切な人を失いたくない。もう限界です。

僕の財布の中にある姉の遺書。その言葉を思い出すたび、どうしてか姉の声で再生されるのだ。

あの日から一度も読んでいないが、力なく書かれた文字は今でも鮮明に思い出せる。

桜良も家族や親友の横山を忘れてしまうことをなによりも恐れているのかもしれない。

「まあそういうことだから、学校では私なりにルールをつくって過ごすようにしてるんだ」

「ルールって、どんな？」

僕が訊ねると、彼女は人差し指を立てる。

「ひとつ目は、友達をつくらないこと」

次に彼女は中指を立て、「ふたつ目は」と続けた。

「常に無表情でいること。それから、なるべく目立たないようにすること」

桜良は言いながら順番に指を増やしていく。

「自分から声をかけないこと。病気のことを気づかれたら、素直に話すこと。この五つは守るようにしてる」

すべての指を立てると、彼女はその手を下ろしてネロの頭を優しく撫でる。

なんて悲しいルールなのだろうと、儚げに話す桜良を見て心が痛む。本当は彼女も、普通の高校生のように過ごしたいはずなのに。

「常に無表情でイヤホンをしてると誰も話しかけてこないから、このコンボ最強だよ」

「それはたしかに。……あ、でもさ、横山とは学校で楽しそうに話してるよな」

廊下で横山と一緒にいるときは、彼女は時々笑顔を覗かせることがある。それは自分が課した学校でのルールに違反していないのだろうか。

「ああ、あれはいいの。柑奈の前でだけは特例ってことにしてる。柑奈にしか心を開いていないっていう意思表明でもあるから」

「……そうなんだ。一年のときもそうしてたの？」

「うん、もちろん。友達はひとりもできなかったけど、後悔はしてない。忘れちゃって悲しい思いをするよりずっといいから。中学の頃の友達は、もう何人か記憶から消えちゃってるんだけどね」

自嘲気味に彼女は言う。桜良の人間関係は、これから減ることはあっても増えることはない。

僕らの年代なら普通は逆だ。クラス替えや進学をするたびに友人はどんどん増えていく。関係が悪化したり疎遠になったりで減ることはあっても、彼女のように朝目を覚ますと突然消えているなんて理不尽なことは普通はありえない。

そんな耐えがたい現実を軽妙な口調で話す桜良の気持ちが、僕には理解しがたかった。

もう受け入れているから、と彼女は以前話していたが、だからといってこんなにも簡単に諦めることができるのだろうか。

同じ病気に罹患していても、桜良は姉と正反対だった。

「すごいな、桜良は。うちの姉ちゃんなんんか、いつも弱音吐いてばかりだったから。夜になると子どもみたいにわんわん泣くし、ひとりで眠るのが怖くて母さんと寝たり、俺の部屋に来たりしたこともあった」

追い返したけど、と付け加えると、酷いと彼女は薄く笑う。たしかに酷いことをしたなと思う。改めて振り返ってみると、僕は姉になにもしてやれなかった駄目な弟だった。最後は弟ですらなかったのだけれど。

「私も、夜は怖いけどね。そこまで取り乱すことは今はないけど、時々叫び出したくなることはあるよ。朝起きて、私はなにを失ったんだろうって絶望することもある」

虫喰い病患者は、自分がなにを失ったのかさえ認識できない。それがどれほど辛いことであるか当事者でない僕にも理解はできる。毎日のように絶望の朝を迎えた姉を間近で見てきたのだから。

以前この公園の前を通ったとき、泣いている桜良を何度か目にした。彼女が人知れず涙していた理由が、今になってようやくわかった。

「あ、やばい。母さんから電話来てる。そろそろ帰らなきゃ」

携帯が振動していたので確認してみると、母から着信が来ていた。僕は電話には出ず、『今から帰る』とメッセージを送る。

「青野くんのおうち、門限とかあるんだね」

「いや、そういうわけじゃないんだけど、けっこう口うるさくて」

春先の事故が原因で厳しくなっているだけだが、情けなくて言い出せなかった。

「じゃあ私もそろそろ帰ろうかな」

「明日もこの時間にここにいる？」

桜良とゆっくり話せるのは、夜のこの短い時間しかない。できることならもう少し話していたかった。

「どうかな。いつも気分で決めてるから」

「そっか、わかった」

僕が腰を上げると、「あっ」と桜良はなにか思いついたように小さく声を上げる。

「じゃあ連絡先教えてよ。公園にいるときは連絡するから」

願ってもない申し出に、「いいよ」となんでもない口調で答えて僕はすぐさまポケットから携帯を取り出した。

「それじゃ、連絡するね」

「うん、待ってる」

桜良の膝上でまだくつろいでいるネロの頭を撫でてから、僕は公園をあとにする。

ここ一年ほど、夜の散歩中に死ぬ方法を考えてばかりいた僕の頭の中は、今や桜良のことでいっぱいになっていた。

教室では誰とも話さず、孤高の存在となっている桜良と秘密の関係を築いているようで、嬉しいようなむず痒いような気持ちを覚える。

僕が死ぬのは、桜良が僕を忘れてしまったときか、彼女が病に倒れ、この世を去ったときのどちらかでいい。

それは明日かもしれないし、一年後かもしれない。

その日が来るまでは、もう少しだけ生きてみるのも悪くないな、と僕は思った。

それから僕と桜良は、夜の公園でたびたび会うようになった。

『今日は公園にいます』

『わかった。暇してるから行く』

夜の八時頃、そんなやり取りをしてから僕は公園に向かう。話すのは一時間程度で、とりとめのない内容ばかり。

「夜は月や星が見えて綺麗だし、静かで散歩をするのに最適だよ。昼間より空気が澄んでる気がするし」

夜が怖いと言った彼女に、僕は夜の美点をいくつか挙げた。いつもは屋根つきのベンチに座っているが、それじゃあとその日は遊具の近くの屋根のないベンチに移動し、ふたりで夜空を見上げる。

「たしかに綺麗だね。夜空を見上げたのなんて、久しぶりかも」

「そうでしょ。ほら、あれがしし座だよ。こうなってるやつ」

僕は指を宙に走らせ、しし座の形を表現した。少しでも怖い気持ちを取り除ければと、柄にもなく前向きな発言を積極的にするようにした。

姉に対してできなかったことを、まるで桜良に押しつけるように。桜良のためではなく、自分のためにしているようで時々罪悪感に駆られるが、それでも僕はこれは桜良のためだと自分に言い聞かせた。

「え？　どれどれ？　全然わかんない」

「あそこにあるじゃん。体が四角くなってて、そこから首とか足が伸びてるように見えるやつ」

「うん？　わかったような、わからないような」

首を捻りながら唸る桜良。そのあとしし座は雲に隠れてしまい、結局彼女は見つけられなかった。

またあるときは、桜良と夜の散歩に出かけたこともあった。

「夜風を浴びながらお散歩するのも気持ちいいね」

長い髪を揺らしながら彼女は微笑む。その日は気分転換に僕のお気に入りの散歩コースを案内していた。すれちがう人も少なく、誰もいない街をふたりで歩いている気分にさえなってくる。

緑ヶ丘公園に戻ってくるとコンビニで買った猫用のおやつをネロに与え、解散した。

相変わらず学校で言葉を交わすことはなかったけれど、僕たちは夜の公園で仲を深めていった。


梅雨入りから一週間が過ぎた六月の中旬。雨が断続的に降り、ここ数日は桜良と夜の公園ではなかなか会えずにいた。

今日も雨降りの中ひとりで登校した僕は、自分の席に座って窓の外をぼんやりと眺めていた。

「なに黄昏れてんだよ」と友人たちが僕の席に集まってきて、「うるせーよ」と返していつものようにじゃれ合う。

今日の放課後カラオケ行かね？　いいね、などと皆で話していても気になるのは桜良のことばかり。

今夜も雨だろうか、と考えているとやがてチャイムが鳴って、クラスメイトたちはそれぞれの席へと戻る。桜良の席は珍しく空席となっていた。

少なくとも新学期が始まってから、桜良は一度も欠席したことがない。

風邪でも引いたのだろうかと心配していると、担任が教室にやってきて出席を取り始める。

「古河……は欠席か」

担任の目を盗んで桜良にメッセージを送ろうと携帯を手に取ったとき、前方のドアが開いた。

「え……」

途端にざわつく教室。僕は視線を上げ、少し遅れて教室の前方のドアに目を向ける。

そこにはずぶ濡れになった桜良の姿があった。髪の毛はびしょ濡れで夏服のブラウスは肌に貼りつき、スカートからはぽたぽたと水が滴り落ちている。まさか土砂降りの雨の中を走って来たのだろうか。生徒たちは凍りついたように固まり、誰もが桜良に視線を注いでいた。

「どうしたんだ、古河。傘忘れたのか？　とりあえず、保健室に着替えがあるから保健室行ってこい」

　担任が驚いたように捲し立てると、「かさ……」と桜良は力なく呟いた。彼女の足元には小さな水溜まりができている。

　桜良がそのまま廊下に出ていくと、教室内は再び騒がしくなった。

「なにあれ？　やばくない？」

　工藤を筆頭に、桜良を小馬鹿にする声があちこちから飛んでくる。桜良ではなくほかの生徒であったなら笑い話で済んだところだったが、よりにもよって味方のいない桜良だ。余計にインパクトが強い。

　今朝家を出る頃は傘を差すほどの雨ではなく、途中から本降りになった。だから桜良は傘を忘れてきたのかもしれない。

　それで仕方なく駅から学校まで走り、ずぶ濡れになったということだろうか。

　腑に落ちないまま一時間目の英語の授業が始まり、途中でジャージ姿の桜良が教室に戻ってきた。髪はまだ少し濡れていたが、タオルでしっかりと拭いたのかもう気になるほどではない。

『傘、忘れたの？』

　僕は机の下で携帯を操作し、桜良にメッセージを送る。学校では声をかけづらいので用があるときは携帯越しに話すことにしていた。

斜め前の席の桜良はジャージのポケットから携帯を取り出し、こそこそと返事を打ち始めた。

『忘れたみたい。物理的にじゃなくて、その言葉自体って意味ね』

桜良から届いたメッセージを読んで、僕は思わず額を押さえる。どうやら自宅に傘を忘れたのではなく、頭の中からということらしい。

『雨が降ってきてどうしようって思ったんだけど、雨よけになるものを持ってなくて。とりあえず雨が弱まったタイミングを見計らって駅から走ってきた』

どう返事をしていいか迷っていると、追加でメッセージが届く。道行く人が傘を手にしていても、桜良の頭からはそれがコンビニで手に入るということまで抜け落ちているのだ。たしかに普通に自宅に傘を忘れたというだけなら防げたはずだった。

『そうだったんだ。連絡くれたら迎えに行ったのに。ていうか、横山はどうしたの？』

横山がついていながらなぜこんなことになったのか。すぐに返事が届く。

『柑奈、よく寝坊するから。今日も寝坊だと思う』

僕は再び頭を抱える。桜良に返信してから、僕は横山にメッセージを送る。

『桜良、傘を失ったらしい。誰かさんが寝坊したせいで、今日ずぶ濡れで登校してきたよ』

皮肉を込めて送信すると、すぐに既読がついた。

『まじか……』

たったひと言の返信。僕は既読だけつけて携帯を閉じる。ひとりだけジャージを着ている桜良の背中をじっと見つめて、僕は深いため息をついた。

「今日ってたしか体育なかったよね。どうしてジャージ着てるの？」

休み時間になると、工藤がふたりの取り巻きを引き連れて意地の悪い言葉を桜良にかける。イヤホンを挿している桜良には聞こえなかったのか、それとも聞こえないふりをしているのか、彼女はなにも答えなかった。

「おい、お前聞こえてんだろ！　無視してんじゃねえよ！」

取り巻きのひとりが桜良に詰め寄ると、桜良はそこで初めて彼女らの存在に気づいたように顔を上げて片耳のイヤホンを外す。

「ごめん、なにか言った？」

「だから……」

「もういいよ、こんなやつ放っとこ。時間の無駄だから」

自分から絡んでおきながら工藤は取り巻きたちを連れて廊下へと出ていく。工藤のことを怖いと言っていた桜良だが、その落ち着きようには毎度驚かされる。

「古河さんの音楽鑑賞の時間を邪魔すんなよ」

声の主は矢島《やじま》くんだ。頻繁に桜良を擁護する野次を飛ばすからいつの間にか彼のことを認知してしまった。父親は警察官らしく、父親譲りの正義感からの行動かもしれない。


昼休みになってようやく登校してきたらしい横山は、廊下で桜良に謝っていた。

「また寝坊してごめん。傘がわからなくなったって本当？　折り畳みと二本持ってるから、帰りは一緒に帰ろうね」

泣きそうな顔で横山は謝罪する。桜良は「大丈夫だから」と横山を慰める。

「今度から雨の日は絶対に寝坊しないように頑張るね」

晴れの日もそうしろと思ったが、寝坊常習犯らしい横山には難しいことなのかもしれない。桜良は今後、雨の日を迎えるたびに傘の使い方を教わってから家を出なくてはならなくなった。教えてもまたすぐに忘れてしまうため、その都度説明が必要になる。

桜良はその後も、日を追うごとに身近なものを失っていった。

七月に入ると桜良はまず、学生の必需品とも言える消しゴムを失った。

「ちょっと古河さん、まちがえたところはちゃんと消しゴムを使って消してください。忘れたなら申し出て隣の人に借りてくださいね」

数学の小テストの時間、見回りをしていた教科担任が桜良の席の前で足を止め、答案用紙を覗きこんで彼女を咎める。

どうやら桜良は、まちがえて解答した箇所を鉛筆で黒く塗り潰して書き直したらしい。僕は瞬時に桜良は消しゴムを失ったのではないかと勘ぐった。

「先生、古河さん友達いなくて消しゴム借りる人がいないんですぅ」

工藤がふざけた声を上げると、含み笑いを浮かべる生徒が数人。僕は怒りを覚えたが、「お前もいないだろ」と矢島くんがぼそっと代弁してくれて溜飲が下がった。

「これ、使って」

僕は斜め後ろから、そっと桜良に消しゴムを渡す。桜良は振り返って僕の目をじっと見つめて、「ありがとう」と小声で言った。彼女の不安に満ちたその目を見て、僕はやはりそうかと悟った。

桜良はなにかを失ったときの姉と同じ目をしている、と。

彼女が前を向く前に、僕は手元にある答案用紙の解答欄の文字を消しゴムで消して、桜良に消しゴムの使い方を実践してみせた。

それをしっかり見ていた桜良は、前に向き直ると消しゴムを使って答案用紙を綺麗にしていく。

教えなくても理解できたかもしれないが、我ながら今のはファインプレーだったなと自分を褒める。周囲に病気のことを隠したいと言った桜良の意思を尊重するために、こっそりと告げるしかなかった。

「あ、やべ」

安堵したのも束の間、僕は答案用紙の消した箇所の答えがわからなくなってしまい、仕方なくもう一度計算し直す羽目になってしまった。

この程度の犠牲で済むならと、再度問題に向き合った。


『これ、なんていう食べものだっけ？』

夏休み直前の昼休みには、桜良から写真つきのメッセージが届いた。桜良の弁当箱の中身を写した写真で、ミニトマトを指さしている。

『ミニトマトだよ。もしかして、忘れたの？』

そう返信すると、『忘れたっぽい』と返ってきた。

おそらく弁当箱を開けたとき、見覚えのない赤い食べものが入っていることに気がついた桜良は、不審に思って僕に聞いてきたのだろう。

『体にいい野菜だよ』

そう補足すると、彼女は恐るおそるミニトマトを口に放りこんで咀嚼する。

『おいしい』と短い言葉が届いた。

トマトを忘れたらしい、と僕はすぐに横山にメッセージを送る。きっと横山から桜良の母親に届き、毎朝ミニトマトの説明を受けてから弁当箱に入れられるのだろう。もしくは、ミニトマトはもう彼女の弁当から排除されてしまうのか。

僕の姉もそうだった。姉は梅干しや玉子焼きを失い、知らない食べものは弁当に入れないでと言って母を困らせた。

知らない食べものが入っているのを目にするたびに落ちこむから、入れないでほしいと。

ほかにも身近なもので言えば、姉は亡くなる少し前に靴下や時計を失っていた。裸足で外に出る人もいないことはないが、やはり裸足で学校に行くと目立ってしまう。

毎朝母に靴下を履かせてもらってから登校するようになり、時計を失った結果、姉は文字盤を見ても時間を把握できなくなってしまったのだった。

病気に苦しめられた姉や現在の桜良の境遇を考えると、改めて気の毒でならなかった。じわじわと記憶を失っていく恐怖は、想像を絶するものだろう。

家族や友人、普段なにげなく使っている身近なものが明日にはなんの痕跡も残さずに消えてしまうのだ。それがもし自分の身に降りかかったとしたら。

斜め前の席で黙々と弁当の中身を食べている桜良を見て、僕はまた締めつけられるような胸の痛みに襲われた。

一学期の終業式が行われた日の夜。桜良からの連絡はなかったが、僕はいつもの時間に夜の散歩に出かけた。ここ最近、天気のいい日は夜の公園に出向き、頻繁に桜良と顔を合わせていた。

この時間帯でも外は蒸し暑く、夜風も生温い。夏の夜は出歩く回数は減るが、なんだか最近は僕も夜になると落ち着かなかった。

もしも明日、桜良が僕を忘れてしまったら。姉のときもそうだったように、それはある日なんの前触れもなく訪れる。

『もしも』だなんて不確かな言葉を使うことすら変な話かもしれない。その日はいつか必ずやってくると思った方がいい。

姉に忘れられた日のことを思い出すと、今でも震えが止まらなくなることがある。

――どちら様ですか？

あの日の姉の言葉が、ずっと耳の奥にこびりついたまま離れてくれない。

昔の友人に言われるならまだいい。中学の頃のあまり話したことのないやつなら僕だってほとんど覚えていない。しかし僕にとってたったひとりの姉に忘れられたショックは、きっと一生忘れることはないだろう。

ネガティブなことばかり考え、悶々としたまま歩き続けて約三十分。緑ヶ丘公園が見えてくる。

今夜は桜良からの連絡がなかったので彼女はいないだろうと思っていたが、屋根つきのベンチの前を横切ったとき、そこに座っていた桜良と目が合った。彼女の膝の上では自分の特等席だと言わんばかりに今日もネロがくつろいでいて、桜良はちょうど携帯をかまえてネロの寝顔を撮ろうとしていたところだった。

「あれ、桜良も来てたんだ」

「あ、うん。なんか毎回公園に行くたびに青野くんに連絡したら迷惑かと思って、今日は送らなかった」

「全然迷惑じゃないよ」

僕は言いながらL字形のベンチの空いている方に腰掛ける。座る位置は毎回決まっていて、当たり前のように僕はそこに座る。

桜良はまた、ネロに携帯のレンズを向けた。

「ネロの写真撮ってたの？」

「うん。最近はいろんなものを写真や動画に収めてる。それを忘れちゃっても、私はなにを忘れたのかあとで見返せるように。記憶には残らなくても、記録は残せるからね」

桜良はネロの写真を何枚も撮りながら、そんな悲しい台詞をさらりと言ってのける。

「最近ね、うちの庭にも来るようになったんだよ、ネロ」

「へえ。ネロも寂しいのかな」

「そうかもね」

ネロの写真を撮り終わって満足すると、桜良は腕を伸ばして携帯の画面を僕に見せてくれた。

「私のデータフォルダの中、特別に見せてあげる」

僕は差し出された携帯を受け取る。画面には、『失ったものたち』というフォルダがあった。

「これ、本当に見てもいいの？」

「うん、いいよ」

僕は画面をタップして中身を確認する。そこには百枚以上の写真や動画が眠っていた。

ミニトマト、チョーク、クロワッサンにトンボ。ラムネやタンポポに、同じクラスの男子生徒の写真まであった。ほかには芸能人やアニメのキャラクターなども大量に保存されている。

「気づけば百件超えてた。なにを失ったか、それにすら気づかないこともあるから、実際はもっと多いと思う。今日も朝起きたときなにを失ったのか確認できなかったし。もしかしたら今日はなにも失っていないのかもしれないけど、把握できないのが一番怖い」

桜良の表情が曇る。虫喰い病は症状が現れる日もあれば、そうでない日もある。チョークや傘を失ったときもそうだったように、桜良はそれらを目にして初めて失ったことに気づく。自分の知らない間に大切なものを失っていることが平気で起こりうるのだ。

僕はもう一度フォルダの中にある写真を一件一件確認していく。彼女が失ってしまったものはあまりに多く、虫喰い病の残酷さを再認識させられた。

虫喰い病は記憶障害だけでなく、アルツハイマー病と同じく末期には寝たきりになってやがて死に至る病だ。記憶の喪失とともに脳の萎縮も進行し、最終的には体を動かせなくなって死亡する。

桜良は今のところ不自由なく出歩いているが、いつの日かそれすらも難しくなってくるだろう。

「念のために、青野くんの写真も撮っておかなきゃ」

桜良は僕の手から携帯を取り、僕の写真を一枚撮る。

桜良の『失ったものたち』のフォルダの中に、いつか僕の写真も保存されるのだと思うと、急に怖くなった。

桜良が携帯をポケットにしまうと、お互いに無言になった。学校にいるときと同じ無表情で、桜良は黙って俯いている。ここ最近は、横山と一緒にいるときでさえ桜良の笑顔を見ることはほとんどなかった。

今彼女にどんな言葉をかけてやればいいのか、まったく浮かんでこない。桜良の力になると言っておきながら、結局僕は無力だ。

「……あのさ、ちょっと試しに笑ってみて」

ふと思い出したことがあって、僕は桜良にそう提案してみた。

「え、笑うの？」

「笑うというか、ちょっと口角を上げるだけでいいんだ。そうすると脳が楽しいって勘ちがいして不安が和らいだり、幸せな気持ちになれたりするらしいよ」

以前脳に関する本を読んだとき、そんな記述があったのを覚えていた。僕も姉が亡くなったあと酷く落ちこみ、それを実践したことがあった。ほんの気休め程度だけれど、たしかに効果は感じられたのだ。楽しくなくても口角を上げるだけで、セロトニンなどの幸せホルモンが分泌されるという研究結果が実際にあるらしい。

「これでいいの？」

桜良は口角を上げ、にこりと笑ってみせた。ぎこちない笑顔だったが、無表情でいるよりずっといい。

「そんな感じ。ちょっと楽しくなってきた気がしない？」

「なんかわかるかも。ほんの少しだけど、気持ちが楽になった気がする」

「辛いときこそ笑おうって、そういうことなんだと思う。泣きながら笑ってたら怖いけどね」

苦笑しながら言うと、ぎこちなかった桜良の笑顔は自然なものに変わる。こうやっていつも桜良を笑わせられたらいいのに。

「昔お母さんに、痛いの痛いの飛んでけって言われて痛みが和らいだことがあったんだけど、それも脳の勘ちがいなのかな」

「そうだと思う。ほかにも有名なもので吊り橋効果っていうのがあって……」

「それ知ってる。吊り橋を渡ったときのどきどきを恋のどきどきと勘ちがいして好きになるってやつでしょ。私単純だから、そういう脳の錯覚みたいなやつ、すぐ引っかかると思う」

桜良は微苦笑を浮かべる。普段なかなか目にできない彼女の笑顔を見るだけで、こちらも自然と笑みが零れてしまう。

彼女の膝上で眠っていたネロが目を覚まし、大きな欠伸をした。そのあとネロは膝から下りて草陰に消えていった。

ネロを見送ってから、僕は再度桜良に提案する。

「桜良は学校でもそうやって笑ったらいいと思う。友達をつくりたくないって気持ちもわかるけど、もう少し心を開いてみてもいいんじゃないかな」

彼女は忘れてしまうから友達はつくらないと宣言していたが、本当はこうやってクラスメイトと笑い合いたいはずだ。中学のときの桜良は活発だったと聞くし、無理に壁をつくっている今の桜良は正直見ていられなかった。

「柑奈にもよく言われるけど、今さらキャラ変したらおかしくない？」

「ちょっとずつ変わっていけばいいと思う。夏休み明けに文化祭があるから、そこでなにかやってみるとか、クラスのだしものに積極的に参加してみるとか、そういうのでもいいから」

桜良は顎に手を当ててじっと考えこむ。

うーんと唸ってから、「考えとく」と言って立ち上がった。

「今日はもう帰るね。青野くんと話せてちょっと元気になった気がする。ありがと」

軽く手を振って彼女は去っていく。手を振り返してから、僕も公園をあとにする。

帰り道、口角を上げて歩いてみた。

「なんかちょっと楽しくなってきた」

ぼそりと呟いて、僕はしばらくの間、ひとりで笑いながら夜道を歩いた。

夏休みに入ってからも、僕は頻繁に夜の公園で桜良と言葉を交わし合った。クラスメイトの愚痴だったり、夏休みの予定だったり。クラスメイトの愚痴といってもほとんどが工藤とその取り巻きたちのことで、やはり桜良も彼女らに対して不満を抱いているらしい。

「工藤さんたち、なんで私に絡んでくるんだろう。私、なにかしたかな」

「誰も話しかけられないような空気をつくってるから、それが気に食わないいんじゃない？　やっぱもう少し歩み寄った方がいいと思うよ」

「うーん、考えとく。でも工藤さんたちとは仲良くしたくないな」

桜良はそう言って、不満げに唇を尖らせるのだった。

「おまたせー！　花火買ってきたよ！」

その日は横山が公園に花火セットを持ってきて、三人で花火をした。

「再来週の花火大会、桜良とふたりで行こうと思ってるんだけど、青野も行く？」

火の点いた手持ち花火を眺めながら横山が言った。

「花火大会か……。どうしようかな」

「どうせ一緒に行く人いないんでしょ？　美少女ふたりと花火大会なんて、夏休みの一番の思い出になるよ。ね、桜良」

「そうかもね。断るなんてもったいないよ、青野くん」

僕といるときはそんなキャラじゃないのに、横山といるときの桜良はちょっといつもとノリがちがう。それはそれで新鮮で悪い気はしなかった。

「じゃあ、そこまで言うなら行こうかな」

「よし、決まりだね」

横山は次に、調子に乗って両手に持った花火を点火してくるくる回り出した。桜良はおかしそうに笑い、携帯を横山に向けて動画を撮り始める。

「綺麗に映ってる～？」

回転しながら横山ははしゃぐ。

「綺麗に撮れてるよ」

花火の火が消えると、桜良は僕にカメラを向けてきた。

ぎこちないピースで応えて、また一本手に取って火を点ける。桜良も花火を手に取り、僕の花火に先端をくっつけて点火した。

そんな調子で一本ずつ消化していき、最後に三人で線香花火に火を点けた。

「私、今日のこともいつか忘れちゃうのかなぁ」

線香花火の玉を見つめながら、桜良がぽつりと言った。

僕と横山は顔を見合わせる。なにか言わなければ、と焦れば焦るほど言葉が見つからない。桜良の線香花火の玉がぽとりと足元に落ち、間を置かずに僕と横山の玉もそれに続いた。

「私さ、今日お母さんを泣かせちゃったんだよね。母方のおばあちゃんのこと、思い出せなくなっちゃって。おばあちゃんがいたことはわかるんだけど、父方のおばあちゃんの記憶しかなくてさ。名前とか思い出とか、全部消えちゃった」

忘れたではなく、消えたと表現するところが妙に恐ろしく感じた。彼女にとっては忘れるなんておぼろげなものではなく、文字どおり跡形もなく消滅するのだ。

彼女がなにげなく発したその言葉に、息が詰まりそうになる。

「あ、あたしもたまに母方のおばあちゃんの顔とか思い出せなくなることあるよ。遠方に住んでて年に一回しか会えないから、そもそも思い出とかあんまりないし。あたしと一緒だね、あはは……」

横山が苦し紛れの慰めでその場を取り繕おうとしたが、あまり効果はなさそうだった。僕は僕で気の利いた言葉をかけられそうにないので、その点で言えば横山の方が幾分かマシかもしれない。

「今日なんかすごく楽しかったのに、いつか全部なかったことになるのが苦しい」

桜良の瞳から涙がつうっと零れ落ちる。祖母を失ったショックで、今日一日涙を堪えていたのだろうか。いきなり泣いてごめん、と桜良は涙を拭って花火の残骸を片付け始める。

　思えば姉も突然泣くことがよくあった。なんの前触れもなく、ゲリラ豪雨のようにわっと激しく泣いて、気が済んだらすぐに泣きやむのだ。桜良は姉とちがって強い人だと思っていたが、さすがの彼女もこの厄介な病気に疲弊している様子だった。

「大丈夫だから。桜良が忘れても、あたしたちが覚えてるから。今日のことを忘れても動画とか残ってるし、こんなことがあったってあたしが教えてあげるし、消えることなんてないよ」

　横山は狼狽しながら桜良に声をかける。大丈夫だからと、背中をさすって何度も訴えかける。

「俺も、昔のこととか全然覚えてないし、小学生の頃の記憶はほとんどないから……」

　気休めにもならない言葉しか出てこない。弱音ばかり吐いていた姉を慰める役割は、いつも母が担っていたから僕は力不足だった。

　その後も僕と横山の下手な慰めの応酬が続き、桜良はようやく笑顔を取り戻したが、それは僕たちを気遣ったものにしか見えなかった。

「……そうだ。桜良の記憶が日々失われていくならさ、逆に増やしていくってのはどう？」

ふと思いついたことを彼女に投げかける。

「どういう意味？」と桜良は不安そうな顔をこちらに向けて聞き返した。救いを求めるような切実な目で。

「桜良の知らないことをしたり、行ったことのない場所に行ったりしてさ、思い出を増やせばいい。知識や思い出が増えたら、大切な記憶が消えるまでの時間稼ぎになるかもしれない」

桜良はなにも答えない。浅薄な考えかもしれないが、ただじっと記憶が消えていくのを待つよりはマシだ。

そのとき突然ぴょこっと姿を現したネロは、こんなときにも呑気に大きな欠伸をする。猫は気楽でいいなと、僕も呑気にそんなことを思った。

「……どうせ忘れちゃうなら、これ以上思い出を増やしたくない」

ネロを抱き上げ、消え入りそうな声で桜良は嘆く。

「あたしも青野の考え、いいと思う。桜良の記憶が減っていくなら、増やせばいい。消えた思い出の分まで、これから三人で増やしていこうよ」

横山が湿った声で言うと、桜良に歩み寄ってそっと肩に手を置いた。

桜良はしばらく沈黙したあと、立ち上がって俯きがちに言った。

「せっかくふたりが私のために時間を削ってくれたのに、全部忘れちゃうかもしれないよ？　それに、ふたりのことも、いつか忘れちゃうかもしれない。それでもいいの？」

僕と横山は顔を見合わせて、それから桜良に顔を向ける。

「もちろん」

放った言葉は、横山の声と重なって夜の公園に響いた。


それから僕と横山は、夏休みの残りの時間を使って可能な限り桜良を連れ回した。友人たちからの誘いをすべて断って桜良のためだけに時間を費やした。

映画を観にいったり、美術館に行ってみたり。休日には無料のスイーツ教室やそば打ち講座、俳句教室など興味のないことにも挑戦し、彼女の病気に抗うように思い出を増やしていく。

桜良はそのたびに写真や動画を撮って、大切な記憶を保存した。

翌週はクラスメイトに海に行かないかと誘いを受け、一度は断ったもののふと思い立って行くことにした。桜良を連れていくことを条件に。

クラスの半分以上の生徒に声をかけたらしく、結局男子九人に女子七人が来るらしい。桜良は遠慮していたが、これを機に友達のひとりやふたりつくったらいいと僕が無理を言って連れ出すことに成功した。

「げっ。なんで古河がいるの」

　待ち合わせの駅でクラスメイトたちと合流すると、白のタンクトップにデニムのホットパンツ姿の工藤が眉をひそめて吐き捨てた。タンクトップはへそが出るほど短い丈で、今すぐにでも海に飛びこめそうだ。

「ていうかなんで工藤もいるんだよ」

　僕が言う前に矢島くんが代弁してくれて事なきを得た。

「よし。全員集まったから行くぞー」

　クラスメイトのひとりが声高に言うと、それぞれ浮かれたようにはしゃぎながら改札口を抜けていく。

　肝心の桜良は僕の陰に隠れ、誰とも目を合わせようとしなかった。

　そこから電車に揺られて約一時間。目的地である海水浴場は夏休みの学生や家族連れで賑わっていた。大きめのレジャーシートを砂浜の上に敷き、皆そこに荷物を置く。

　桜良は少し離れたところで持参したひとり用のレジャーシートを敷き、そのすぐそばにレンタルしたビーチパラソルを差してちょこんと腰掛けた。せっかく皆と仲良くなれるチャンスなのに、ひたすら携帯をいじっている。日焼けが気になるのか、彼女は薄手のパーカーを羽織っている。

僕は桜良の隣に腰を下ろし、太陽の眩しさに目をすがめて眼前に広がる大海原を見渡した。遠くの水平線に浮かぶ白い船が薄らと見える。

「せっかく海に来たのに、皆と遊ばなくていいの？」

「大丈夫だから、青野くんは皆と遊んできて。私は見てるだけでも十分楽しいから」

強引に連れ出すわけにもいかず、僕はしばらく桜良のそばにいて話をした。桜良はクラスメイトたちの名前をほとんど知らないはずなので、せめて今日来ているやつらの名前とどんなやつなのかを説明していく。

「今レシーブしたやつが矢島くんでさ、いつも陰ながら桜良のこと擁護してくれてるんだよ。その隣は河合《かわい》で今日の主催者。それからその隣は……」

砂浜でビーチバレーに興じている連中を指さして補足していく。泳ぎに出かけた者や抜け駆けしてふたりで浜辺を散歩している者など、皆それぞれの時間を満喫している。

「桜良はバレー部だったんでしょ？　いいところ見せるチャンスだから交ざってきたら？」

僕がそう背中を押しても、桜良は首を横に振るだけだった。

「おーい、青野もやろうぜ！」

河合が僕を手招きし、ほかのやつらも僕に手を振ってくる。

「今行く！」

仕方なく腰を上げて彼らのもとへ歩み寄る。すれちがいざま、入れ替わりで抜けた女子チームの三人を僕は呼び止めた。

「あのさ、よかったらさく……古河と喋ってあげてくれない？　人見知りだから自分から声かけられないいんだと思う」

適当なことを言って彼女らに手を合わせて懇願する。

三人は顔を見合わせたあと、「うん、わかった」とあっさりと首肯してくれて安堵する。きっと教室ではこうはいかなかっただろう。この絶好のロケーションが彼女たちのテンションを高め、そっと後押ししてくれたのかもしれない。

ビーチバレーに参加しながら、僕は桜良の方をちらちらと観察する。先ほどの三人は海の家で飲みものを買ったあと、桜良のそばに腰掛けてなにやら会話をしているようだった。桜良の口角がわずかに上がったのが見えて嬉しくなる。

「青野！　ボールいったぞ！」

その声に振り向いた瞬間、顔面にビーチボールが直撃した。

どこ見てんだよ青野、水着に見惚れてたのかよ、とあちこちから笑い声が飛んできて僕もおかしくなって笑った。普通のバレーボールでなくてよかったと安堵しながら。

桜良は彼女らに任せ、僕はその後、頭だけ出した状態で河合を砂に埋めたりスイカ割りをしたりと夏の海を思いっ切り楽しんだ。

　それから桜良を気にかけつつ海で泳いだ。彼女はいつの間にかひとりになっていて、波打ち際にしゃがみこんで足元の砂を掘り、なにやら貝殻を探しているようだった。

　やがて夕日が沈む頃、「ちょっと歩かない？」と桜良に声をかけられ、クラスメイトたちの目を盗んで桜良と浜辺を歩いた。

「どうだった？　今日」

　僕の少し前を歩く桜良の背中に訊ねてみる。彼女は僕を振り返らずに答える。

「楽しかったよ。全員とは話せなかったけど、何人かとはけっこう話せたし。最初は乗り気じゃなかったけど、来てよかったなって今は思う」

「そっか。それならよかった」

　それが聞けただけで肩の荷が下りたような気になる。僕が無理やり連れてきたようなものだから、もしかすると迷惑だったかもしれないと気を揉んでいたのだが、杞憂だったようだ。

「さっきね、浜辺で桜貝を探してたんだけど、見つからなかった」

「桜貝？」

「うん。ピンク色の綺麗な貝なんだけど、知らない？　幸せを呼ぶ貝って言われてるんだよ」

「へえ、そうなんだ」

夏より冬の方が見つけやすいのだと桜良は補足する。どうやら彼女が途中から浜辺で貝殻探しに没頭していた理由は、桜貝を見つけるためだったらしい。

「誘ってくれてありがとね」

桜良は僕を振り返り、柔らかい笑顔を見せて言った。彼女の長い髪が穏やかな潮風に流される。

「べつに。大勢で行った方が楽しいと思ったから」

海の方に視線を向け、なんてことのない口調で告げて照れを隠す。視線の遥か先には、水平線に向かって沈んでいく夕日が見えた。

僕たちはその場に腰を下ろし、無言で沈む夕日を眺める。なにかこの場にふさわしい言葉をかけるべきか迷って、結局黙っていることにした。この美しい景色を桜良と見られたなら、言葉なんて必要ないと思った。

それは桜良も同じようで、夕日が完全に見えなくなるまでひと言も発さなかった。

夕日が沈んだあとはどちらからともなく立ち上がり、クラスメイトたちのもとへ戻った。

海を満喫した生徒たちはそれぞれ帰り支度をしていて、僕たちが抜け出したことに気づいている様子はない。

帰りの電車の中では、誰と誰が付き合っているだとか、両想いだとかの俗っぽい話で盛り上がる。

「青野と古河って付き合ってんの？」

無神経な生徒の言葉に、内心どきりとした。

「それ、俺も思った」

さらに河合が追撃し、一斉に視線を浴びる。一瞬桜良と目が合うと、彼女はすぐさま視線を逸らして窓の外に目をやった。

「いや、ただの友達だけど。家が近くて同じ電車を利用するから、それで仲良くなったというか」

「なぁんだ」「つまんね」と彼らはすぐに興味を失い、また別の話題に切り替わっていく。

もう一度桜良に視線を向けると、彼女は耳を赤くしてまだ外の流れる景色を見ていた。

聖夜の告白

「悠人、最近毎日のように出歩いてるね。元気になってくれてよかったわ」

夏休みにもかかわらず早起きをして朝食をとっていると、姉の仏壇の前に腰を下ろした母が笑みを浮かべて言った。母は毎朝姉の仏壇に線香をあげるのが日課になっている。

「べつに、いつもどおりだけど」

「そう？　舞香が亡くなってからずっと元気なかったから、お母さん安心したわ」

返す言葉が見つからず、トーストを無言で頬張る。たしかに母の言うとおり、少し前に比べると心はずいぶん穏やかだ。

「悠人に恋人ができたんじゃないかってお父さんと話してたのよ。当たってる？」

「当たってないよ」

素っ気なく返事をして、食器を流しに持っていく。冷蔵庫から牛乳を取り出してコップに注ぎ、ぐいっと喉に流しこむ。

母は嬉しそうに姉の仏壇に向かって「悠人がね」となにやら声をかけている。母はなにかいいことがあれば、姉の仏壇に向かってその都度報告するのがお決まりとなっていた。

母は僕が元気になって安心しているようだけれど、これでも僕は今でも希死念慮を抱いている。

桜良が僕を忘れたときか、この世を去ったときのどちらかが僕の命の期限だと以前から決めていた。母の笑顔が消えてしまうのは心苦しいが、僕が死んだあとのことなんてどうだってよかった。

部屋に戻り、やろうとした宿題を中断して携帯を手に取り、ＳＮＳを開く。ずいぶん前に『死にたい』と呟いてから一度も開いてなかった。

『まだ死なないの？』

そんなメッセージが何件も届いていて嫌気がさし、携帯を閉じて机に突っ伏した。

その日は花火大会が開催される日で、僕と横山は午後から桜良の自宅に招かれていた。

『明日は桜良の部屋でホラー映画観て、買いものしてどこかでご飯食べて、そのあと花火大会行くから、午後一時くらいに桜良の家集合ね』

昨日の夜に横山からそんなメッセージが届いた。桜良の両親は共働きなので不在らしい。

横山に住所を教えてもらい、自転車に乗って桜良の自宅に向かう。今日は朝から気温が高く、少し自転車を走らせただけで汗が滲んでくる。

桜良が住む一軒家の前に着くと、玄関の扉の前に横山の姿があった。

「あれ、なにしてるの?」

横山の背中に投げかけると、彼女は汗ばんだ顔をこちらに向ける。

「あ、青野。さっきからインターホン鳴らしてるんだけど、桜良出てくれなくて。電話しても出てくれない」

「どこか出かけてるのかな」

言いながら僕もインターホンを押してみるが、いくら待っても反応はなかった。

「あれーおかしいなぁ。いないのかなぁ」

僕も桜良に電話をかけてみたが、一向に出る気配はなかった。

「どうしよっか。一旦コンビニに避難する?　ちょっと涼みたい」

横山は踵を返し、手をうちわ代わりにぱたぱた仰ぎながら桜良の自宅をあとにする。

それにしても今日は暑い。記録的な暑さになるとの予報はまちがいではなさそうだ。

僕も諦めて横山のあとに続き、コンビニへ避難することにした。そのとき、僕を呼び止めるように「みゃあ」と猫の鳴き声が聞こえた。

「今の、ネロの声っぽくなかった?」

「あたしもそれ思った。近くにいるのかな……って、そこにいるじゃん!」

横山が指さしたのは桜良の自宅の駐車場だった。ネロはまん丸の目をこちらに向け、じっと僕たちを見つめていた。

「ネロ、どうしてあんたがここにいるの？」

横山が問うと、ネロは僕たちに尻尾を向けて庭の方へと歩いていく。

「そっちになにかあるの？」と横山が小走りでネロのあとを追う。仕方なく僕もついていく。

ネロは庭に面した大きな窓に前足をかけて「みゃあ」と鳴いた。よく見ると窓が全開で網戸だけの状態になっていた。

「あれ、窓が開いてる。おーい、桜良ー。いないのー？」

横山は部屋の中を覗きこむ。次の瞬間、彼女の声が裏返った。

「え、桜良!?　どうしたの大丈夫？」

その声に反応して駆け寄り部屋の中を覗くと、揺れるレースカーテンの向こうに桜良の倒れている姿が見えた。

「桜良？」

網戸を開けて横山とリビングの中へ入り、倒れている桜良のもとへ駆け寄る。

「桜良、大丈夫!?　なにこの部屋、あっつ」

桜良の顔色は赤く、汗をびっしょりとかいている。家の中はクーラーがついておらず、むわっとした熱気が室内に充満していた。

「熱中症かも。青野、救急車呼んで」

「わかった」

言われるがまま携帯を手に取り、救急車を呼んだ。姉が眠気防止薬を大量に服用したときも僕が救急車を呼んだので、当時を思い出しながら冷静に対応していく。

横山が慌てふためく中、僕は落ち着いて桜良の症状や住所を伝え、電話を切る。

庭の花壇のそばでちょこんと座ってこちらを見つめているネロと目が合った。さっきネロが現れなかったらと思うとぞっとした。

救急車は十分程度で到着した。横山とともに同乗し、病院まで付き添う。桜良はわずかに意識があるようだが、ぐったりしていてまともに受け答えができるような状態ではない。

「あたし、救急車初めて乗った。青野は？」

病院の待合室でふたり黙って待っていると、横山の第一声に肩の力が抜けた。

「二回目だけど。そんなことより大丈夫かな、桜良」

「心配だよね。エアコンが壊れてたのかな。無事だといいけど」

ネットニュースを見ると、今日は全国各地で記録的猛暑となり、熱中症で搬送される人が相次いだらしい。こんな日に限ってエアコンが壊れてしまうなんて不運としか言いようがない。

そうこうしているとすぐに桜良の両親が駆けつけたので、ひと通り経緯を説明すると、僕と横山も桜良が休んでいる病室に一緒に行くことになった。彼女はそこで点滴を打っており、意識もはっきりと回復していた。

「ふたりともごめんね、迷惑かけちゃって」

ベッドに横になったまま桜良が言う。顔色は彼女の自宅で見たときよりよくなっていた。

「ううん、桜良が無事ならよかった。ネロが助けてくれたんだよ、桜良のこと。帰ろうとしたあたしと青野を呼び止めて」

首を傾げる桜良に事情を説明すると、「帰ったらネロにおやつあげなきゃね」と辛そうに笑った。

「とにかく無事でよかった」

僕がそう声をかけると、「そうだね」と桜良はか細い声で呟く。

「それにしても、早急にエアコンを修理しないとな。壊れたのはリビングのエアコンだけか？」

桜良の父親が訊ねると、彼女は小首を傾げて聞き返した。

「エアコンって……なんだっけ？」

桜良の両親は顔を見合わせ、僕と横山も同じ行動を取ってしまった。

「桜良、最近身の回りのものどんどん失ってるよね。どうしたらいいんだろう」

病院の帰り道、電車を降りて桜良の自宅に停めた自転車を取りに向かっていると、横山が憂いを帯びた声で嘆いた。すでに辺りは真っ暗で、本当なら今頃三人で花火大会に行っていたはずの時間だ。

「どうしようもないよ。虫喰い病って、そういう病気だから。抗うすべがない」

「そんな身も蓋もないこと言わないでよ。あたしだってそれくらい……わかってるから！」

後半は声が震え、それをごまかすように語尾が強くなった。親友の記憶がどんどん消えていき、空っぽになっていくのが彼女も怖いのだろう。

ふたりとも無言で歩き、緑ヶ丘公園の前を通ったとき、遥か遠くの空で打ち上がった花火がわずかに見えた。

「ここから見えるんだ、花火。すんごい小さいけど」

「あ、本当だ。ここから見えるなんてあたしも知らなかった」

僕たちは足を止めてしばらく遠くに見える花火を観賞した。まさか横山とふたりで見ることになるなんて思わなかった。

「なんで青野とふたりで見なきゃいけないんだろう。桜良と見たかったのに」

「奇遇だね。俺も今同じこと考えてた。俺も桜良と見たかったのに」

横山が空から僕に視線を向ける。皮肉を込めたつもりだったが、すぐに失言に気づいた。

横山はにやにやと憎たらしい顔つきに変わる。

「青野って、もしかして桜良のこと好きなの？」

「……いや、そういうのじゃないから」

「顔赤くなってるよ。いつも桜良のこと気にかけてるもんね。なるほど、そういうことか」

もう否定する気にもなれず、僕は無視することにして花火を眺める。

正直言うと自分でもよくわからなかった。事あるごとに桜良と姉を重ねてしまい、今では学校でも家でもどこにいても桜良のことが気になってばかりいる。気がかり、という方がしっくりくるかもしれないが。

彼女は明日、なにを忘れてしまうのか。僕も横山と同じように不安でたまらなかった。

「そういえば桜良も、よく青野の話してるよ」

「え、どんな？」

無視を決めこんでいたが、それには思わず反応してしまって横山の狡猾な笑みが再び零れた。

「気になる?」

「……まあ少しは」

彼女の口角はさらに上がる。

「あ、ごめん。彼氏から電話だ」

このタイミングで恋人から着信があったらしい。横山は他校の生徒と交際していて、今日の花火大会は桜良を優先して断ったと話していた。

ごめん、ごめん、と横山は電話越しに何度も謝っている。数分そうしたあと、電話を切って彼女は深く息を吐き出した。

「ごめん、あたしそろそろ行くね。またね」

横山はそう言い残して小走りで去っていった。桜良との時間を優先するあまり、恋人とうまくいっていないのかもしれない。

結局桜良の話は聞けなかったな、と軽く落ちこんだ。


桜良は翌日には退院し、僕たちはまた夜の公園で逢瀬を重ねた。

「せっかく三人で遊ぶ予定だったのに、ごめんね」

謝罪の連絡は来ていたが、顔を合わせると彼女は改めて頭を下げた。

「全然。横山の彼氏も連れて、来年こそは花火見よう」

照れ隠しに、横山をだしに使う。

「うん、そうだね。いつも柑奈の時間を奪ってるから、彼氏さんにも謝らなきゃ」

「桜良が謝ることないと思うよ。横山がそうしてるだけなんだから」

「あたしの話してる？」

突如、背後から横山が割りこんできた。僕と桜良は驚いてふたりで変な声を発してしまった。その声にさらにネロが驚き、逃げるという二次災害が起きる。

「人を化けものみたいな目で見ないでよ」

不貞腐れたように唇を尖らせる横山。最近はこうやって時々彼女が公園に来て三人で話すことにも慣れてきた。

横山が来ると騒がしくなってせっかくの静かな夜が台無しだけれど、僕といるときよりも桜良の笑顔が増えるので、それはそれで悪くはなかった。

「私、二学期から少し変わってみようかな。とりあえず教室でイヤホンするのやめる」

話が一段落したタイミングで、桜良が唐突に宣言した。

「え、どうしたの急に？　無理しなくてもいいんだよ」

拳を握りしめて決意を固めた桜良を見て、横山は心配そうに眉を歪める。横山もそれを望んでいたはずだったが、最近の桜良の様子を見ていて不安になったのかもしれない。

「今までずっと我慢してたけど、もう限界。私もクラスの皆と仲良くしたいし、こうやって集まってわいわいしたい。皆と海に行ったときも、すっごく楽しかったし」

珍しく前向きな発言に驚く。中学ではクラスの中心だった桜良にとって、自分を偽るのはやはりストレスだったにちがいない。

「そっか。桜良がそうしたいなら、あたしも応援する。桜良ならすぐ友達できるよ、きっと」

応援すると言いつつも、横山の声はどこか寂しげで表情も暗かった。高校で友達ができて、自分との時間が減ってしまうことを憂いているのだろう。夜のこの時間さえ確保できれば、僕はそれでもかまわなかった。

時間が来て桜良を家に送り届ける。横山とは帰り道が途中まで同じなので、自転車を押す彼女と並んで歩いた。

「ありがとうね、青野」

「なに、急に」

「青野と仲良くなってから、桜良よく笑うようになったから」

「ああ、いやべつに。桜良ってもともとよく笑う子だったんでしょ？」

あたしより賑やかだったよ、と横山は信じがたい言葉を口にした。普段の落ち着いた雰囲気の桜良からはとても想像ができなかった。

「まあそういうことだから、これからも桜良のことよろしくね」

最後にそう言ったあと、彼女は自転車に跨がって走り去っていく。

「またねー！」と、この時間帯にそぐわない非常識な声量で彼女は手を振る。

その様子を見て、桜良の方が賑やかだったなんてますます信じられなくなった。


夏休み明けの初日。まだまだ真夏かと思うほどの厳しい日差しを浴びながら登校すると、桜良はすでに自分の席に座っていた。夜の公園で宣言していた通り、イヤホンは挿していない。

「おはよう。早いね」

恐るおそる、桜良に声をかけてみる。学校で桜良に話しかけるのは少し勇気がいった。

「おはよう。二学期からは心を入れ替えるからね」

桜良は爽やかな笑みを見せるが、彼女の異変に気づいた数人の生徒がこそこそとなにか話している。

しかし休み時間になっても、桜良がイヤホンを挿していないことには誰も気づいていない様子だ。いつもは長い髪に隠れ、薄らと白いケーブルが見えているが、今日はそれもないのに。

僕はほかの生徒が声をかけやすいように何度か桜良に話を振ったが、クラスではすでにいくつものグループができあがっている。一学期に冷たくされた桜良に懲りずに話しかける物好きな生徒は今のところ現れそうにない。

夏休みに一緒に海に行って桜良と話していた女子たちも、教室では桜良に見向きもしなかった。少し期待していただけに、がっくりと肩を落とす。

桜良の意気ごみも虚しく、一度染みついた印象はそう簡単には払拭できないようで、放課後を迎えても彼女がクラスメイトから話しかけられることはなかった。

「まだ初日だから」

桜良はめげずに下校していったが、それから数日経っても状況は変わらなかった。


「ちょっといい？　このクラスにピアノ弾ける人っている？」

二学期が始まって二週間が過ぎたホームルームで、来月行われる文化祭のだしものがたこ焼き屋に決まったあと、工藤が教室内を見回して高圧的な口調で言った。ちなみにたこ焼き屋はただ焼いて売るだけなので少人数で足りるらしいが、僕も誘われて仕方なく参加することになった。

桜良も参加したかったようで身を乗り出して立候補のタイミングを窺っていたが、

クラスの中心グループがこぞって立候補したため彼女が入る余地はなく、渋々諦めていた。

二学期早々に席替えがあり、僕は桜良と離れてしまったため、遠くの席からその様子を眺めていた。

「私と奈緒《なお》のふたりでステージで歌いたいんだけど、ピアノ弾いてくれる人を探して
て。いないならほかのクラスに当たってみるけど、誰かいない？」

しんと静まり返る教室内。どうやら工藤は取り巻きのひとりと有志でステージに立つつもりらしい。

ピアノ経験者はいないのか、それとも工藤とは一緒にステージに立ちたくないのか。おそらく後者だろうけれど、しばらく待っても手を挙げる者はいなかった。

「いないか。じゃあいいです」

なぜかキレ気味の工藤だったが、そのときすっと長い腕を上げる生徒が現れた。教室内の視線が窓際の一番前の席に集まる。

「私、小学生の頃ちょっとだけピアノ習ってたから、少しなら弾けるけど」

手を挙げたのは桜良だった。彼女がピアノを習っていたなんて知らなかったし、だとしてもあんなに嫌っていた工藤に力を貸すとは意外だ。

二学期から変わると言いつつも、結果現状維持が続いていた。が、突破口を見出し

た様子の彼女の目に迷いはない。
工藤は渋面を見せたあと、「まあいいわ。じゃあ古河さん、よろしく」と無愛想に言った。
『大丈夫なの？』
心配になった僕は机の下で携帯を操作し、桜良にメッセージを送る。
『工藤さんに怒られないように頑張る！　ピアノは楽譜見ながらならなんとか弾ける
レベルだけど、大丈夫だと思う！』
なんとも頼りない返事がくる。けれど文化祭でなにかやればいいと提案したのは僕
だ。桜良が自分から行動に移したことはいいことだし、僕は口出しせずに、彼女を見
守ることにした。
それから桜良は、放課後になると吹奏楽部の部活が始まるまでの短い時間を使って、
音楽室でピアノの練習に励んだ。文化祭のリハーサルで時々体育館を使える日もあっ
て、今日は体育館のピアノを使って練習できることになった。
横山と一緒に桜良の演奏を聴いていると、ダンス部の生徒たちがステージに上がり、
直後に激しいダンスミュージックが流れて桜良は演奏を中断した。
「うわっ。せっかく桜良が練習してたのに」
横山が眉間に皺を寄せてステージ上を睨みつける。ステージ横の準備室の二階は放

送室になっていて、そこから音楽を流したようだった。

　昨年の文化祭で僕のクラスは劇をやって、僕はそのとき音響担当だったのでよく出入りしていた。ワイヤレスでスピーカーと携帯を接続し、その場面に合った音楽を流したりタイミングよく効果音を鳴らしたりできるのだ。

　工藤たちも音楽は放送室から流せばいいのに、と思ったけれどせっかく桜良がやる気になっているのだから野暮なことは言わず、桜良を応援することにした。桜良が参加することに意味があるのだから。

　工藤らに与えられた時間は十五分だそうで、その中で流行りの曲を二曲歌うらしい。最後に工藤と一緒にステージに立つ奈緒とかいう生徒が思いを寄せる先輩をステージに上げ、公開告白をするという迷惑な計画もあると聞いた。

　振られようが受け入れられようが盛り上がることはまちがいないが、相手が断りづらい状況をつくり上げるずる賢さはさすが工藤の側近だなと感心する。

「古河さん、ピアノ弾けるんだね」

「まあね。って言っても、軽くかじってる程度なんだけどね」

　翌日の休み時間、桜良が隣の席の女子生徒と話している姿を見て、僕は自分のことのように嬉しくなった。桜良がピアノ奏者に立候補してから、少しずつ彼女に声をかける生徒が増えていった。

「あったあった。あれだよね、桜良」

「うん。ちょうど演奏してる人いないから、今弾いちゃお」

ようやく残暑が落ち着いて過ごしやすくなった日曜日の夕方。文化祭を一週間後に控えたその日、僕と桜良と横山の三人はストリートピアノがある駅舎へと足を運んだ。近くのショッピングモールにもストリートピアノはあったが、人が多いと弾きづらいと桜良が言うのでここを選んだ。

この駅はたまに利用するが、ピアノを弾いている人はあまり見たことがない。学生がふざけて鍵盤をたたいていたり、長く故障中の張り紙が貼られていたりと管理が行き届いていないのだ。

ピアノ自体も年季が入っていてあまり高価なものでもなさそうだ。椅子だけは最近新品に取り替えられたのか、背もたれつきのそれはピアノ本体よりも綺麗に保たれていた。

桜良はその新品同様の椅子に腰掛け、鍵盤の蓋を開けて楽譜を立てかける。

そしてひと呼吸おいてから鍵盤に指をのせた。桜良の演奏を聴くのは何度目になるだろうか。小学生の頃にかじった程度とは言っていたが、彼女の演奏は上手で心地よかった。

ピアノ経験者が聴けばちがうのかもしれないが、少なくとも僕のような素人が聴く分には十分な演奏と言っていい。

「いいぞー桜良！」

僕の隣で横山がピアノの音量に負けないくらいの声量で騒ぐ。そのまま演奏は二曲目に入った。

少し黄ばんだ鍵盤の上を、彼女の細長い指が滑らかに跳ねて心地いい旋律を奏でる。二曲目は僕の知らない曲だったが、隣で横山が体を揺らしながら口ずさむ。

素人の演奏に足を止める者はいなかったが、桜良はその調子で三十分ほど練習し、今度は横山がピアノの前に座った。

「横山ってピアノ弾けるの？」

横山に椅子を譲って僕の隣に立った桜良に訊ねると、「弾けないと思う」と彼女は困ったように笑う。

その言葉どおり、横山は左から右、右から左へと鍵盤の上に置いた人差し指を滑らせただけだった。

満足した様子の横山は再び桜良にピアノを譲り、桜良がさらに一曲演奏してから解散となった。

「今日はわざわざ付き合ってくれてありがとね。せっかくの日曜日なのに、私の下手な演奏まで聴かせちゃって」

帰りの混雑した電車の中、桜良と並んで座席に座っていると彼女は申し訳なさそうに言った。横山は恋人に会いにいくと言い出し、同じ電車には乗らなかった。

「全然。演奏も上手だったし、なんかいろいろ大変なのに頑張ってる桜良を見てると、こっちも頑張らないとなって思えた」

桜良は僕に顔を向け、きょとんと目を丸くする。その表情はすぐに和らぎ、口角がくっと上がった。

「それは私も同じ。頑張ろうって思えたのは青野くんのおかげだから。本当に感謝してる」

彼女は真っ直ぐな目で僕を見つめる。視線を逸らさずに、そんなことないよと否定したかったけれど、彼女に見つめられると頭が真っ白になってなにも言い出せなかった。

車内が混雑しているせいで彼女との距離も近い。照れくさくてそれ以上は彼女の目を見られなかった。

「見て。この人も桜良と同じ曲演奏してる」

気まずい空気を払拭しようと先日動画投稿サイトで見つけた動画を桜良に見せる。

『星野《ほしの》柚菜《ゆずな》ピアノチャンネル』という中学生くらいの女の子のチャンネルで、桜良が練習している曲をその投稿者も演奏しているのだ。携帯にイヤホンを繋げて桜良に聴かせる。

「上手だね、この子の演奏」

僕も片方のイヤホンを耳につける。そのままピアノの演奏を聴きながら電車に揺られ、いつもの駅で降車した。イヤホンだけとはいえ、その瞬間はなんとなく桜良と繋がっている気がして胸がどきどきした。

「今日はありがとね。また明日学校で」

「うん、また明日」

緑ヶ丘公園の前で桜良とは別れた。自転車に跨がり、ネロはいないだろうかと公園の中を通ったが、それらしき猫の姿はなかった。

桜良はどうしてあんなに強いのだろうと、改めて思う。時々弱音を吐くこともあるけれど、日々記憶が失われていながらも前向きなところは初めて会ったときから変わらない。姉と重なる部分もあれば、そうでない部分もたくさんある。

アルツハイマー病もそうであるように、虫喰い病は記憶障害だけにとどまらず、やがて死に至る病であることを忘れてはいけない。

記憶が徐々に失われる恐怖と、そう遠くない未来に命までもが失われてしまうというふたつの恐怖が現在進行形で彼女を襲っているのだ。

姉のように絶望することもなく、生きることを諦めない桜良の姿を見ていると、素直に応援したくなるし、彼女の真っ直ぐな生き方に惹かれている自分がいた。

桜良が病に倒れる日まで、彼女を支え続けたいという気持ちが日々増していく。同時にどうして姉にも同じ熱量を向けられなかったのか、今さら悔やんでしまうけれど。

――神様はその人が越えられる試練しか与えないんだよ。だから舞香なら、絶対に乗り越えられる。

いつだったか、藤木が姉にかけた言葉がふと蘇った。使い古されたありきたりな励ましの台詞。乗り越えた先に死が待っているというのに、なにを言ってるんだと当時は内心思っていた。案の定、姉は試練を乗り越えられず自ら死を選んだ。

けれど、藤木が言いたかったのはそういうことではないのだと今ならわかる。酷くやつれていた姉に対し、病に心まで冒されるなと、自分を強く持ってほしいという励ましだったのだろう。

心の強い桜良なら、きっと姉のような結末にはならない。僕は、そう信じている。

文化祭当日はここ最近続いていた秋晴れが嘘のように天気が崩れ、朝から強い雨が降っていた。模擬店は仮設テントがあるので予定どおり出店するらしい。しかし文化祭当日に降る雨は、浮かれ気味の生徒たちの気持ちにまさしく水を差す形となった。

桜良は今日も僕より先に来ていて、窓側の一番前の席でぽつんとひとり座っていた。一緒にステージに立つ工藤らとの仲は深まっていないらしく、一度体育館でリハーサルをしただけで言葉を交わすことはなかったと昨日の夜公園で話していた。

ここ数日間はピアノに触れていないそうだが、演奏は問題ないと彼女は自信ありげに豪語していた。

「おはよう。今日の午後、横山と一緒に見にいくから」

やや緊張している様子の桜良の背中にそう言葉を投げかけると、彼女は僕を振り返って相好を崩した。二年に進級した当初は、まさか教室で彼女の笑顔が見られるとは思っていなかったので新鮮だ。

「おはよう。うん、待ってるね」

工藤たちとの出番は午後一時からの十五分間。それまで桜良は横山とふたりで校内を回るらしい。僕は午前中、たこ焼き屋の店番を頼まれているため、一時に体育館へ行くことになった。

文化祭開始のチャイムが鳴ると、僕は模擬店担当グループと一緒に外の仮設テントへ向かい、さっそく準備に取りかかる。

雨降りの中でもそれなりに客は多く、売れ行きはまずまずだ。桜良と横山も来店して八個入りのたこ焼きをふたりで一パック買っていった。

午後になると店番を交代して、一時まで一緒に店番をしていたやつらと校内を回った。

「青野って古河と仲良いよな。同じ中学だったの?」

「いや、ちがうけど」

「あ、そうなの? なんで青野にだけ懐いてるんだろ。俺なんか話しかけたら睨まれたよ」

「人見知りするみたいだから。今ならたぶん話しかけても大丈夫だと思うよ」

彼は二年に進級して早々に桜良に声をかけたそうだが、冷たくあしらわれて身を引いたらしい。僕よりも仲良くされたら困るが、友達をつくりたいと言った彼女を思いやって株を上げておいた。

時間が来ると僕はこっそりとグループを抜け、すでに体育館にいるという横山と合流した。

「遅いよ、青野! もう始まっちゃうよ!」

横山は手をぶんぶん振って僕に手招きする。最前列の席を僕の分まで確保してくれたようで、急いで彼女の隣のパイプ椅子に腰掛けた。

「ごめん。三年生のメイド喫茶が激混みで遅くなった」

「ふうん、あとで桜良に言っとこ。青野が三年生のメイドさんに夢中で遅刻しそうになったって」

横山は軽蔑するように目を細めて僕を見る。ただ混んでいただけだと弁明したが、浮気者だ、となぜか罵られた。

数分後に幕が開き、三人の女子がステージ上に現れる。向かって一番左に立っている桜良は、自信満々の表情で客席を見下ろしていた。

きっちりと制服を着ているのは桜良だけで、工藤たちはスカートを短くしたり、ネクタイを緩めたりとわかりやすく着崩している。

ひとりずつマイクを持って自己紹介していき、それが終わると桜良はステージ上にあるピアノの前まで歩き、椅子に腰掛ける。

僕の席からは桜良の表情がはっきりと見える。一学期までの自分のイメージを払拭しようと、彼女はまさに今、生まれ変わろうとしていた。

桜良は手に持っていた楽譜を広げて立てかける。その瞬間、彼女の顔色が変わった。先ほどまでのキリッと引き締まった顔つきはどこへ行ったのか、口は半開きで、目が忙しなく泳ぎ出す。明らかに動揺しているのが客席にも伝わってくる。

工藤がマイクを握り直し、それでは聴いてください、と一曲目のタイトルを口にした。

「……あれ、桜良どうしたんだろう」

横山が隣で心配そうに桜良に眼差しを向ける。なにが起きたのか、僕にもわからない。

工藤が曲紹介をしたあと、しばらく経っても伴奏が始まらないのだ。桜良は丸めた拳を両の膝の上に置き、深く俯いていた。それは演奏を始める姿勢ではなく、拒否しているようでもあった。

客席がざわつく。工藤は数歩ピアノに歩み寄り、桜良になにか声をかけているようだが聞き取れない。桜良はただ俯いて、下唇を噛みしめて涙を堪えているようだった。

「もしかして、緊張して頭が真っ白になっちゃったのかな」

その可能性もありうる。しかしそれよりも、桜良の身にもっと恐ろしいことが起こっている気がしてならなかった。

「緊張しすぎてお腹痛くなったんじゃねーの?」

後ろから野次が飛んでくる。早く弾けよ、とふざけて叫ぶ者もいた。

ただ緊張しているだけならまだいい。もしかすると桜良は、ピアノを演奏することに必要ななにかを失ってしまったのではないかと僕は思った。もしそうだとしたら、僕になにかできることはないか。

客席がさらにざわつき、自分のことじゃないのに焦りが募る。

必死に思考を巡らせ、はっと閃いた。

僕は席を立って駆け出し、体育館準備室の階段を上って放送室に入った。すぐに携帯を手に取ってスピーカーとペアリングし、『星野柚菜ピアノチャンネル』を開く。

手汗で滑って床に携帯を落としたが、すぐに拾い上げて画面をタップし、音楽を流す。

伴奏がスピーカーを通して体育館全体に響き渡った。小窓からステージを見下ろすと、桜良が泣きそうな顔でこちらを見上げていて、僕はピースサインを送る。桜良はそのままステージ脇に捌けていき、工藤は何事もなかったようにマイクを握って一曲目を歌い始めた。

僕はほっと胸を撫で下ろし、その場に膝をつく。しかし安堵したのも束の間、曲が終わったのに二曲目の音源は見つけられず、小窓から両腕でばってんをつくって工藤に知らせた。

結局工藤たちの出番は一曲で終了となった。最後に予定していた公開告白もそんな空気ではなくなり、ふたりは一曲目を歌い終わると逃げるように捌けていった。

予想外のトラブルだったが、会場は盛り上がっている。

「お前ふざけんなよ！　うちらに恥かかせてんじゃねえよ！」

階段を下りると、舞台裏では怒号が飛んでいた。工藤は桜良の制服の襟元を摑み、鬼のような形相で詰め寄っている。告白をする予定だった生徒も睨むように桜良を見ていた。

怒鳴りつけられた桜良は、なにも言わずに嵐が過ぎ去るのを待つようにただじっとしている。その表情は青ざめていて、目には薄らと涙が滲んでいた。

「工藤さん、ちょっと落ち着いて！」

横山が狼狽しながら間に割って入る。次の出番のために裏で控えていたダンス部の先輩たちも工藤たちを宥めていて、僕が割りこむ余地はなかった。

「おい、なにやってんだ！」

様子を見に来たダンス部の顧問が声を荒らげると、工藤たちは桜良を睨みつけたまま舞台裏から下りていった。桜良はその場に座りこみ、横山が彼女を慰めながら乱れた制服を直してやっている。

僕は工藤の剣幕に圧倒されてただ傍観することしかできなかった。

桜良が落ち着くのを待ってから、三人で準備室を通って薄暗い体育館を抜ける。舞台上ではダンス部の軽快なパフォーマンスが繰り広げられていて、先ほどの醜態などまるでなかったことのように再び館内は盛り上がっていた。

「青野くん、ありがとね」

桜良はそう言い残し、体育館の外へと駆け出していく。

まだ下校の時間ではなかったが、横山は青ざめた顔の桜良を追ってそのまま帰宅していった。

その日の夜、いくら連絡しても返事がなかったので僕は雨降りの中、緑ヶ丘公園へ出向いたが、桜良の姿はなかった。


文化祭二日目。昨日の一連の騒動が原因なのか桜良は欠席した。工藤の怒りは一日経っても収まらないらしく、朝から機嫌が悪い。クラス内でもすでに昨日の出来事は広まっており、桜良が工藤らに恥をかかせるためにピアノの奏者に立候補し、わざと演奏をしなかったのだと邪推する者もいた。

そう思われても無理はないのかもしれない。桜良と工藤の確執は周知の事実なのだから。しかし、だからといって桜良がそんな非道なことをするわけがない。

「工藤さんかわいそう」と同情の声もあれば、「まあ、あれだけ大勢の前で演奏するのって、緊張するからな」と桜良を擁護する矢島くんのフォローもあった。

二日目が始まると、僕は横山に話を聞くために真っ先に彼女のクラスへ向かった。横山のクラスは午前の一発目に『不思議の国のアリス』の劇をやるそうで、階段の手前でトランプ兵に扮した横山を捕まえた。頬にはダイヤのシールが貼られている。

「桜良ね、楽譜を開いたとき、なにがなんだかわからなくなったんだって」

劇のために製作したのだろう、ダイヤのエースのTシャツを着た横山が神妙な面持ちで言った。

「それって……」

「音符を失ったみたい。桜良、楽譜を見ないと弾けないから、なにもできなかったんだと思う」

出番だから行くね、と横山は沈んだ表情のまま階段を下りていく。あのタイミングで音符を失った彼女を不憫に思う気持ちで胸が痛んだ。

そのまま桜良は学校を休み、数日後、横山に連れられて登校してきた。彼女はまた、休み時間になるたびにイヤホンを挿すようになった。

工藤はまだ根に持っているようで、「学校に来んなよ」とイヤホン越しにも聞こえる声で桜良を罵倒した。ほかの生徒たちも以前は桜良に同情気味だったが、あの一件以降は工藤に同調する者ばかりで、再び桜良は周囲から隔絶されていた。

文化祭でなにかやってみたら、と僕が桜良に提案しなければこんなことにはならなかったのだ。僕が余計なことをしたせいで桜良を追い詰めてしまった。

「青野ももう古河に関わるのやめとけ。お前もハブられるぞ」

桜良に謝ろうと席を立つが、近くにいた生徒に釘を刺される。僕はそれを振り払い、桜良に声をかける。

「あの……」

桜良は僕を一瞥して、ぷいと顔を背けてつまらなそうに携帯をいじりだした。

仕方なく席に戻ると、「だからやめとけって言ったじゃん」と肩を叩かれる。

意気消沈していると、携帯が鳴った。桜良からのメッセージだった。

『無視してごめん。青野くんを巻きこみたくないから』

届いたメッセージを目にすると、身を切られるような苦しさを覚えた。

『そういうの、気にしなくていいから。こっちこそ空回りしてごめん』

そう返事を送るも、桜良からの返事は一向になかった。


秋も深まった満月の夜。冷え切った風が肌を刺し、もう少し厚着をしてくればよかったと後悔しながら僕は夜の散歩をしていた。もうすぐ季節は冬に変わる。

文化祭が終わってから毎晩のように緑ヶ丘公園に足を運んだが、あれから桜良は一度も姿を現すことはなかった。ピアノを弾けなかったことがよほどショックだったのか学校も休みがちで、メッセージのやり取りは少しはあったものの深い話はできず、教室で話す機会もほとんどない。

今日もいないだろうなと思いながら公園の前を通ると、屋根つきのベンチに人影が見えた。近づいてみると、桜良が膝上でくつろぐネロの背中を撫でていた。

久しぶりに見たその光景に、胸がぐっと高鳴った。

「久しぶり。最近見なかったから、もう来ないのかと思った」

ニットのセーターにもこもこのマフラーを巻いた桜良が僕に気づく。いつもは笑顔で迎えてくれるが、その日の表情は暗く沈んでいた。

「最近ずっと風邪気味でさ、出てこられなかったの」

「そうだったんだ。でも、治ったんならよかった」

うん、と桜良はひと言返事をして、それ以上は会話を続ける気はないのか黙りこんだ。僕は会話の糸口を見つけられず、しばらくの間園内をぐるりと見回して話題を探した。

公園の隅っこにあるベンチで、中年の男性がタバコを吸っている姿がちらりと見えた。

「あの人、たまに見るよね。家では吸えないのかな」

桜良に雑に振ると、そうかもねと彼女は答えるだけで、やっぱり会話は続かない。

僕は携帯を手に取り、『今、桜良と緑ヶ丘公園にいるから来て』と横山に助けを求めた。

『すぐ行く』と間を置かずに返事が届いた。

寒いね、などとどうでもいいことを話して場を繋ぐ。眠っていたネロは大きく伸びをして、僕と桜良の間のスペースに寝床を移した。

「……私、そろそろ帰るね」

沈黙に耐えられなかったのか、桜良はゆっくりとした動作で立ち上がり、僕に背を向ける。

呼び止めなければ、と僕はとっさに口を開く。

「二学期から変わるって言ってたやつ、もうやめるの？　最近またイヤホンしてるけど……」

やめるのではなく、やめざるを得なくなったのだと知っていながら僕は訊ねた。彼女は足を止め、振り返らずに答える。

「やっぱり無理だよ、私には。ああやっていろんな人に迷惑かけちゃうし、変わろうなんて考えるべきじゃなかった。青野くんも私と仲良くしてたら友達減っちゃうと思うから、もう私とは関わらない方がいいよ」

桜良は淡々とした口調で僕に告げたが、後半は声が震えていた。込み上げた涙を堪え、滲んだ悔しさを押し殺すように。

「そんなことできるわけない。桜良を支えるって、前言ったじゃん」

「覚えてない。私、そういう病気だから」

「それは嘘だろ。そうやって投げやりになるのはよくないよ」

「青野くんには関係ないじゃん。もともと友達でもなかったんだし、もう私のことは放っといてよ！」

珍しく声を荒らげた桜良は、言い終わるとその場にしゃがみこんで泣き出してしまった。彼女の言葉はきっと本心ではないとわかっていながらも、その言葉が胸に刺さる。

彼女の後ろ姿が、姉の舞香と重なって見えた。

「夏休みに桜良の思い出を増やそうって三人で決めたじゃん。あれ、またやろうよ。最近サボり気味だったし、再開しよう。横山も誘ってさ」

僕がそう提案しても、彼女から返事はなかった。代わりに返事をしたのは、ようやく到着した横山だった。

「青野の言うとおりだよ。また三人でいっぱい思い出増やそう。ね、桜良」

横山は「あとはあたしに任せて」と僕に告げて、桜良の手を取って家まで送っていった。

次の日から横山と一緒に、あまり乗り気じゃない桜良を強引に誘い、放課後に寄り道をして彼女を連れ回した。まだ行っていなかった場所やしていなかったことを探し、桜良を元気づけようと奔走した。

前に桜良が行きたいと言っていたミュージカルや近隣の大学の文化祭などにも足を運び、失った記憶の穴埋めをするように僕たちは再び思い出を増やしていった。そうすると、桜良の笑顔が少しずつ増えていった。

翌月には横山の好きなバンドのレッドストーンズのライブに三人で行き、僕はあまりの楽曲のよさに誰よりも楽しんだ。

「このバンド、本当は四人組だったんだけどね、ギターのリュウジが事故で亡くなっちゃって……」

横山はパフォーマンスの合間に、バンドの結成秘話や三人体制に移行した経緯を桜良に熱弁している。昨年はついに紅白歌合戦にも出場し、今や国民的なバンドとなっている。

あちこち出かけることで、桜良だけでなく僕と横山にとっても大切な思い出をつくることができた。

「ありがとね、ふたりとも。ふたりのおかげで毎日楽しい」

ライブの帰り道、桜良は満面の笑みを見せて僕と横山にお礼を述べた。文化祭の一件以降、彼女の笑顔は消えていたが、ここ最近は見ちがえるくらい表情も明るくなった。

学校では相変わらず孤立しているものの、欠席する回数も格段に減っている。

「あたしたちもだよ。ね、青野」

「うん。来週はどこ行こうか」

そうやってさっそく次の休みの日の予定も決めた。


クリスマスイブは桜良とふたりでイルミネーションを見にいくことになった。

駅前通りのケヤキ並木にＬＥＤライトが装飾され、幻想的な空間が目の前に広がっている。街はどこを見てもクリスマスムード一色で、きらきらと輝いていた。周りはカップルの姿ばかりで、誰もが身を寄せ合って歩いている。

横山は今日はさすがに恋人と過ごすらしく、「桜良のこと、よろしくね」と何日も前から頼まれていた。

「綺麗だね。毎年柑奈と見に来てたけど、何回見ても圧倒されちゃう」

桜良は発光するケヤキの木を見上げて感嘆の声を漏らす。それから何枚も写真を撮り、今度は動画も撮り始めた。

僕は「そうだね」と返すだけで精一杯だった。僕は今日、ある決意をしてから家を出てきた。そのせいか、さっきからずっと落ち着かなくてなにも考えられずにいる。

「去年は雪が降ってホワイトクリスマスだったんだけど、今年は快晴だったね。柑奈も彼氏さんと来てるのかな」

桜良は首を巡らせて横山を捜すが、人が多くていたとしても見つかりそうにない。歩を進めるとやがて大きなクリスマスツリーが見えてきて、僕たちはそのツリーの前で足を止めた。

一時間に一回クリスマスソングが流れ、ツリーの光が赤から青、青から緑へと何色にも変化していくのだ。ちょうどそのタイミングだったようで、どこからともなくシャンシャンと鈴の音が鳴り始める。

僕と桜良は黙ってそのツリーを見上げる。桜良はまた携帯を手に取って、何枚も写真を撮った。

僕は今日、この場で桜良に告白しようと何日も前から決めていた。

思い起こせば姉は恋人という特別な存在がいたから、ある程度の心の平穏を保てていた。認めたくはないけれど、藤木は姉にとってとても大きな存在だったと今ならわかる。藤木がいなければ、姉はもっと早く命を落としていた可能性が高い。

桜良とこのままの関係を維持しつつ彼女を支えることもできなくはないが、僕はもう彼女のことがどうしようもなく好きになっていた。桜良と思い出を共有しているうちに、恋人として彼女を支えたいという思いが強くなっていった。

告白するのは、横山がいないときであればいつだってよかった。しかし最近はめっきり冷えこんで夜の公園で桜良と会うことも減っていたので、今日は絶好のチャンスなのだ。けれどなかなか切り出せず、ただふたりでツリーを見上げているだけの時間が続く。

「そうだ。これ、青野くんにあげる。クリスマスプレゼント」

桜良は鞄の中から綺麗に包装された小包を取り出し、僕に渡した。まさか先手を取られるとは、と動揺しつつ開けると、中からグレーのマフラーが出てきた。

僕は今しているマフラーを受け取った袋の中に詰め、もらったばかりのマフラーを着ける。

「ちょうど古いマフラー使ってたから、欲しかったんだ。ありがとう」

本当は秋口に新調したばかりだったが、桜良を気遣ってとっさに嘘をついた。

「それならよかった。うん、似合ってるよ」

「ありがとう」

お礼を言ってから背負っていたリュックの中から小箱を取り出し、桜良に手渡した。

彼女はそれを受け取ると、目をぱちぱちと瞬かせて僕の顔をじっと見つめる。

「横山がプレゼント絶対用意しろってうるさかったから」

照れを隠すように目を逸らして言うと、「ありがとう」と彼女は小声で呟き、丁寧に開けていく。

「ネックレスだ。しかもこれって」

「それ、この間海に行って探してきたんだ」

浜辺で拾った桜貝を加工してつくったネックレス。ピンク色の綺麗な貝殻で、それと一緒にアクセントとして小さな桜の花の形をしたチャームも添えた。貝殻でネックレスをつくる方法をネットで検索し、手芸が得意な横山の協力を得て数日前に完成させたのだ。

桜貝の表面にレジン液を塗って艶を出し、貝殻に小さな穴を開けて桜のチャームと一緒にチェーンを通す。想像以上に大変だったが、桜貝を探す方がもっと苦労した。

「覚えててくれたんだ。私が桜貝探してたこと」

「もちろん。幸せを呼ぶ貝でしょ？　桜良の幸せを願って見つけてきた」

夏休みにクラスメイトと海に行ったとき、桜良が桜貝を探していたことを僕は覚えていて、冬になったら探しにいこうと企んでいたのだ。

それともうひとつ。いつか夜の公園で桜良がなにげなく話していたことを僕は覚えていた。

――私、春に生まれたから桜良なんだって。でも、すごく気に入ってる。自分の名前と一緒だから、花の中で桜が一番好き。花言葉も品種によってちがって面白いんだよ。

以前、桜良はそう話していた。だから桜にまつわるなにかをプレゼントしたくて、横山にも相談して桜の花と桜貝をモチーフにしたネックレスを渡すことにしたのだ。

桜良も言っていたように、桜の花言葉はたくさんある。その中でも僕がとくに気になったのは、フランスの桜の花言葉だった。

『私を忘れないでください』

フランスでは、桜にそんな花言葉が当てられていた。桜良の幸福と一緒に、こっそりとその花言葉の願いをネックレスに込めて、僕は彼女にそれを贈った。

「あ、ちょっと貸して」

ネックレスを着けるのに苦戦している桜良の背後に回る。彼女が長い髪の毛を持ち上げると、うなじが露わになった。

どきどきしながら着け終わると、彼女は髪を指で梳かすように整えてから僕を見つめる。

「さすが桜良だけあって、似合ってる」

季節外れも甚だしいが、本当によく似合っていた。胸の鼓動が一向に収まりそうになく、今すぐにこの場から逃げ出したくなった。

桜良は目を潤ませて、「ありがとう」と破顔した。

「ちょっと公園で話さない？」

帰り道、いつもの駅で降りて緑ヶ丘公園の前を通ったとき、桜良にそう提案した。プレゼントを渡したときに好きだと伝える予定が、結局言い出せなくてここまで来てしまった。

いいよ、と桜良は園内に入っていく。人は誰もおらず、ネロの姿もない。園内の木々はすっかり葉が落ち、夜の公園はいつにも増して寂寥感が漂っていた。

自分から誘っておきながら、ベンチに座ってからしばらく経っても切り出せなかった。そんな僕の様子を見かねたのか、「今日、すごく楽しかったね」と先に彼女が口を開いた。

そうだね、と返事をして、覚悟を決めてから僕は話し始める。

「桜良と初めて会ったのって、ここの公園だったの覚えてる？」

「ああ、覚えてる覚えてる。なんかいつもこの辺うろうろしてるなって思ってた。学校で見かけて、同じ高校だったんだって知ったときはびっくりしたよ」

一年の頃は別のクラスだったから接点はほとんどなくて、彼女とは話したこともなかった。

「それで進級して同じクラスになって、病院で初めて話したんだよね。なんか懐かしいなぁ」

桜良は薄く微笑んで続ける。あのとき僕が入院していなければ、彼女に興味を持つことはなかったかもしれない。八ヶ月前の記憶を懐かしく思い出しながら、僕は口を開く。

「最初は冷たくて感じ悪い子かと思ってたけど、今はそうは思わなくて。むしろ好きっていうか、温かい人なんだなって」

「冷たいって酷い。……ん？　今、好きって言った？」

「……あっ」

僕の失言に、彼女は遅れて気づく。意図せず零れた言葉だった。これから告白をするのだから否定もできない。こうなった以上スマートな告白は諦めて、一度咳払いをしてから単刀直入に告げる。

「桜良と過ごしてるうちに好きだなって思ったんだ。すごく真っ直ぐなところとか、実は優しいところとか。いろいろと大変なのにへこたれずに頑張ってるし、たまにへこたれるときもあるけどまたすぐに立ち上がるところとか、そういう前向きなところも好きというか……」

人に好きだと告げたことがなくて、うまくまとめられなかった。これなら手紙を渡して想いを告げた方が伝わったかもしれない。面映ゆくなって桜良の顔を見られず、僕は足元に視線を落として最後にひと言付け加える。

「そういうことだから、付き合ってください」

なんとも格好のつかない告白になってしまった。けれど言いたいことはきっと伝わったはずだ。僕は黙って彼女の返事を待つ。

桜良がいなかったら、もしかしたら僕は今頃この世にいなかったかもしれない。今年の春に自殺に失敗し、次こそは成功させてやると思っていた矢先に彼女と親しくなった。

姉と同じ病に冒されている彼女を見て、なにか力になりたいと使命感に駆られて最初は興味本位で近づいただけだった。でも、彼女に関わっていくうちに姉と重なる部分があって、次第に守りたいと思うようになった。

いつしか僕の生きる理由は、彼女になっていた。彼女が僕を忘れてしまうか、病に敗れて命を失うまでの短い付き合いだけど、それでもよかった。

桜良の返事がなく、僕は顔を上げて彼女の様子を窺う。

彼女は肩を震わせ、静かに泣いていた。口元を押さえて、その上を何滴もの涙が流れている。

そのときネロがどこからともなくやってきて、桜良の前にちょこんと座り、不思議そうに彼女を見上げた。

やがて桜良はしゃくり上げながら、声を絞り出した。

「私、いつか青野くんを忘れちゃうかもしれないよ。青野くんを残して、死んじゃうかもしれない。それでもいいの？」

僕は微笑み、いいよと答えて彼女をぎゅっと抱きしめる。

——いいよ。だってそのときは、僕も死ぬつもりだから。

絶対に忘れたくない
大切なもの

まさか青野くんに告白されるなんて思わなかった。

クリスマスイブの日、本当は柑奈と青野くんと三人で遊ぶ予定だったのに、直前になって柑奈が「用事できたから、ふたりで行ってきて」なんて言い出したから変だと思っていた。

私と付き合ったって悲しい思いをさせてしまうだけなのに、それでも青野くんは私のことを好きだと言って抱きしめてくれた。私も青野くんのことが好きだったから、彼からの告白は素直に嬉しかった。青野くんは私の病気のことを知っていて、この恋は決して成就することはないと思っていたからなおさら。

「もし私が青野くんを忘れたら、私のことも忘れてね」

それを条件に付き合うことになった。大切なふたりの思い出を私だけが覚えていないなんて、そんなの嫌だったから。

泣きながら帰宅した私は、自室の勉強机の中にある一冊のノートを取り出し、ペンを手に取った。

『絶対に忘れたくない大切なもの』

ノートの表紙には、そう書かれている。

虫喰い病が発覚してから備忘録のつもりでつくったノートで、この中にはとくに忘れたくないものや人が列挙してある。

私は朝起きて、なにを失ってしまったのか自分では把握できない。失ったものを実際に見たり聞いたりして初めて気づくのだ。

これはなんだろう。この人は誰だったのだろう。もともと私の知らないものや知らない人の場合もあるけれど、失ったものである場合がほとんどだった。

私の記憶の中には、絶対に忘れたくない大切なものがたくさんある。それをノートに書き記して朝知らない言葉がないか探し、なければ安堵し、あれば絶望するという毎日を繰り返していた。

失った言葉にはバツ印をつけていて、すでにいくつかの大切なものを私は失っている。母方のおばあちゃんの名前にもバツ印が書いてある。

とはいえ残っている言葉の方がまだまだ多い。お父さんやお母さんの名前。柑奈の名前やネロの名前。好きなアニメや音楽。チョコレートやケーキなどの好きな食べものもいっぱい書いた。写真も一緒に貼り、その詳細もしっかりと綴った。

ノートには青野くんの名前もある。彼とよく話すようになって、彼のことを絶対に忘れたくないと思った私は、今年の夏頃、新たに青野くんの名前も書き足していた。

『青野悠人くん』の言葉の横に顔写真と、備考として彼の詳細が書いてある。

『私と同じ高校に通う、同じクラスの男の子で、私の好きな人。私の病気のことを知っていて、一年の頃に柑奈と同じクラスだったけどふたりは仲が良いのか悪いのか微妙な関係。青野くんは優しくて頼りになる。夜の散歩が好き』

彼のことを忘れても、私にとってどんな存在だったのかひと目でわかるようにそう記しておいた。

私の好きな人、と書かれた文字を消して、私の大切な恋人、と書き直す。

いつも私のことを気にかけてくれて、夜の公園で言葉を交わすうちにいつしか恋に落ちていた。

さりげなく優しいところとか、人のために行動できるところとか、私を守ろうとしてくれるところとか、挙げたらきりがないけれど、彼と過ごしているうちに好きだなって思った。

はじめは、私がただ青野くんのお姉さんと同じ病気で、そんな私を放っておけなくて彼は気にかけてくれているだけなのだ。正義感が強くて、きっとクラスで孤立している私を見ていられないだけだと思っていた。

それでも私のことを心配してくれて、あんなに優しくされるともうだめだった。

弱っているときに優しくされて好きになっちゃうなんて単純だけれど、もしかするとこれも彼の言っていた脳の勘ちがいなのかもしれない。だったら仕方がない。脳がそう勘ちがいしてしまったのなら受け入れよう、と彼に抱いた気持ちを素直に認めることにした。

好きな人から恋人に昇格することなんて絶対にないだろうと片想いを覚悟していたから、告白されたときは思わず泣いてしまった。

こんな私のことを好きになってくれる人なんて、病気が発覚してからは二度と現れないだろうと思っていたから。

それ以外に『絶対ではないけど忘れたら困る身近なもの』と書かれたノートもある。担任の先生や昔の友達。うっかり名前を知ってしまったクラスメイトや、失うと生活に困るようなものをいくつか書いた。

時計だったり携帯電話だったり、お金だとかそういうものだ。

その二冊のノートに目を通してから私の一日は始まる。そこに綴られた言葉に覚えがあるかないかで一日の気分が左右される。

どうして毎日こんなに辛い朝を迎えなきゃいけないんだろう。明日、私はなにを失っているんだろう。

そうやって怯えながら、私は今日も眠りに落ちる。


私の病気が見つかったのは、中学三年の冬のことだった。近くに住んでいる父方の祖父母がパン屋を営んでいて、私は昔から簡単な手伝いをよくしていた。

「すみません。クロワッサンって売り切れですか？」

トングを使って売りもののパンを補充しているとき、来店した女性客によくわからないことを聞かれた。

「はい？　なんですか？」

「ほら、クロワッサン。一個もないんだけど」

私は首を傾げる。初めて聞く言葉の響きだった。たしかにお客さんが指をさした空のトレーにはクロワッサンと書かれているが、私にはなんのことだかさっぱりわからなかった。

「くろ……わっさん？」

「桜良、どうしたの？」

「あ、おばあちゃん。これって新商品だっけ？」

レジ打ちをしていたおばあちゃんに助けを求めると、彼女は怪訝な顔つきで私を見る。

「なに言ってるの。昔からあるでしょ」

おばあちゃんはその後、店の奥から見たこともないパンを持ってきて、クロワッサンと書かれたトレーの上に補充していった。昔からあるとおばあちゃんは言っていたが、やっぱりそのパンに見覚えがなかった。

その次の日も、また次の日になっても私は同じことを繰り返した。桜良の好きなパンだったでしょ、と言われてもいまいちぴんとこない。

食べてみたら思い出すかも、と思ってひと口齧《かじ》ってみる。表面がサクサクで、内側はしっとりとしていてバターの上質な香りが特徴的な洋風のパン。けれど、私の舌も覚えていないようだった。

私の身に起こった異変はそれだけにとどまらなかった。今度は国民的アニメのキャラクターの名前がわからなくなり、やがて不審に思った両親に病院に連れられ、検査を受けることになった。

ＭＲＩ検査や血液検査、それからアルツハイマー病の疑いもあったため神経心理検査なども行い、私に下された診断は虫喰い病という聞き慣れない病名だった。

ひと通り病気の説明を受け、最終的に寝たきりになって死ぬ病だと告げられた私は、心底絶望した。三ヶ月後に高校受験が控えていたけれど、もはやそれどころではなくなってしまった。

私はそれから一ヶ月間、学校も塾も休んで家に引きこもった。その間、親友の柑奈が毎朝私の家に迎えに来てくれたけれど、登校を断り続けた。もう、誰とも関わりたくなかった。

二学期の終盤、午前中に家のチャイムが鳴った。両親は共働きなので自宅には私しかおらず、仕方なく出ると「宅配便です」と女の人の声がインターホン越しに届く。

玄関のドアを開けると、そこにはキャップを目深に被った柑奈が立っていた。

「え、なにしてるの？　学校は？」

「早退してきた。こうでもしないと開けてくれないと思って。久しぶりだね、桜良」

半開きにしたドアに手をかけて、柑奈は玄関に入ってくる。彼女の頑固な性格上、追い返しても聞かないので仕方なくそのまま私の部屋に上げることにした。

そこで初めて、私は病気のことを打ち明けた。

私の病気は治らないこと。

いつか柑奈を忘れてしまうかもしれないこと。

すでにいくつかの記憶を失っていること。

中でも彼女がとくに驚いたのは国民的アニメのキャラクターを失ったことだった。

「え、じゃあのポケットから出てくる道具の名前とかもわからないの？」

「うん。全然思い出せない」

キャラクターやストーリー、ほかの登場人物についてもぼやけてしまってまったく思い出せないのだ。

この病気は発症すると個人差はあるけれど余命が三年程度で、なにもかも失ってやがて死んでしまうことまで話した。人によっては一年で亡くなることも珍しくないそうで、寿命を迎える前に自ら命を絶つ人も少なくないらしい。

嘘偽りなくすべてを柑奈に伝えると、彼女は序盤から涙目になり、最後には子どものように号泣した。

彼女は自分のことのように苦しんでくれて、それを見て私も一緒になって泣いた。

「なんで？　嫌だよ、そんなの。嘘だって言ってよ」

「私だって嘘だと思いたいよ……。クラスの皆のこと忘れるくらいなら、死んだ方がマシ」

「桜良は絶対に自殺なんかしたらだめだよ。そんなことしたら、絶対に許さないから」

「約束はできないけど、今のところする予定はないよ」

「だめ！　約束して！」

「……わかった」

そんな言い合いが夕方過ぎまで続いた。

その日はふたりで延々と泣き続け、私は思いっきり柑奈に弱音を吐き出した結果、少しだけ心が軽くなった。

次の日から柑奈は、また毎朝私の家に迎えに来るようになった。

『辛いかもしれないけど、休むのはもったいないよ！　余命二年だか三年だか知らないけど、その間に特効薬が見つかって治るかもしれないよ！　だから、信じて待とう！』

私が頑なに部屋に引きこもっていると、柑奈からそんなメッセージが届く。

『なにかのまちがいで長く生きられることもあるかもしれないよ！　あたしのおじいちゃんなんか余命一年って医者に言われてたけど、三年以上生きたし！』

返事をしないでいると、追加でどんどんメッセージが送られてくる。根負けした私は仕方なく制服に着替え、学校に行くことにした。

これ以上私のことで誰かを悲しませたくなかった。

それからも私は柑奈に励まされ続け、無事に中学を卒業。高校受験は迷った末、ワンランク下げた高校を受験し、柑奈と同じところに通うことにした。

柑奈がいればどんなに辛くても乗り越えられると思った。

高校では病気のことは担任以外には話さなかった。クラスメイトやあまり関わりのない先生にはなるべく知られたくない。今のところ問題なく日常生活は送れているので、いけるところまでいって、隠し通すのが難しくなったら自分から打ち明けるつもりだった。

その日が来るまでは、普通の高校生でいたかったから。

高校ではそれまでの自分のキャラを捨て、ルールを決めて極力誰とも関わらないようにした。そうすればボロを出さないで済むし、なにより忘れてしまうのが怖くて、友達をつくる勇気がなかった。

新学期が始まると何人かの生徒に声をかけられたが、全部素っ気なく返事をすると不興を買ってしまったのかすぐに私に話しかけようとする者はいなくなった。

「あいつ感じ悪くね？」

「古河ってちょっと顔がいいからって調子に乗ってるよな」

そんな心ない言葉が周囲から飛んでくる。

私は耳を塞ぐようにイヤホンを挿し、流行りの曲を流して聞こえてくる雑音をシャットアウトした。

その頃から私は、夜になると家の近所にある緑ヶ丘公園へ足を運ぶようになった。そこは広々とした雰囲気のいい公園で、遊具も充実していて子どもの頃から好きな場所だった。

耳を澄ませば風に揺れる木々の音や、遠くの方で鳴る踏切の警報音まで聞こえてくるほどだ。

この公園には黒猫が住み着いていて、いつしかその子と仲良くなった。美しい毛並みに、やや緑がかった瞳が特徴的な人懐っこい黒猫。単純だけれど、イタリア語で黒を意味する、ネロと名付けた。お母さんが猫アレルギーなので家には連れて帰れない。

私は毎晩のように癒しを求めて公園に通い続けた。

病気が発覚する前は、一日の中で夜が一番好きだった。

夜の匂い、夜の音、夜の景色。昼間とはちがった独特の空気感。ひっそりと闇が息づいているようで、なんとも言えないあの雰囲気が私は好きだった。

けれど病気が発覚してからは大嫌いになった。夜になるのがとにかく怖くて、夕方頃になると気分が落ちこんでいき、日が沈んで暗くなると過呼吸になったこともあった。

入眠時は小学生の頃、誕生日に買ってもらったパンダのぬいぐるみを胸に抱いて眠る。そうすると恐怖心がいくらか和らぐのだ。けれど、いつも見るのは悪夢ばかり。暗くて深い水の中で溺れていたり、得体の知れない黒い影に追われていたり。毎晩のようにうなされて、目が覚めるとびっしょりと汗をかいていることがたびたびあった。

眠ることでなにかを失う可能性がある私は、昼寝さえもしたくない。ほんの数十分程度の睡眠でも記憶が食い破られてしまうこともあるのだ。昼食を食べ終えたあとの午後の授業は睡魔に襲われるので、眠気防止薬が手放せなかった。

眠らなければ記憶を失うことはないのだから、眠らなければいい。そう考えて二日間眠らなかったこともあったけれど、やはり人間にとって睡眠はなくてはならないものらしく、たった二日眠らないだけでも体に支障をきたした。

疲労感や倦怠感、意欲低下や食欲不振などで、頭も正常に働かない。結局眠らない作戦は諦めたが、今度は夜中に何度も目を覚ますといった中途覚醒に悩まされることになった。夜中に目を覚まして再び眠ると、そのたびに記憶が失われてしまうことがある。だから私は、毎晩強めの睡眠薬を服用して朝まで眠るように努めた。途中で覚醒してしまったときはその日の睡眠はもう諦め、二度寝はしないようにしていた。

夜の公園に通い始めて二週間が経った頃。午後九時を回ると決まって公園を横切る男の子がいた。私と同じくらいの年頃で、まるでこの世の終わりのような、生気のない顔でいつも背中を丸めて歩いていた。

次の日も、その次の日も彼は同じ時間に現れ、私に一瞥もくれることなく園内を横切っていく。

彼が私の存在に気づいたのは、それから数日が経った頃。いつもの時間に彼は現れ、私に気づくことなく通り過ぎようとしたとき、「みゃあ」と私のそばにいたネロが彼を呼び止めるようにひと鳴きしたからだ。

彼は足を止めて周囲を見回し、鳴き声の出所を探しているようだった。

「あっ黒猫だ」

ネロを見つけたらしい彼は、頬を緩めて私が座っている屋根つきのベンチの方へと歩み寄ってくる。薄暗いせいか私がいることに彼は気づいていない。

すぐ近くまで来ると彼はようやく私に気づき、「うわあっ」と素っ頓狂な声を上げる。

ちょっと笑いそうになったけれど、驚かせてしまって申し訳なく思った。彼は幽霊でも見たかのような目で私を見て、そのまま逃げるように公園を出ていった。その一件以降、しばらく彼が緑ヶ丘公園に立ち寄ることはなくなった。

次に彼を見たのは公園ではなく、私が通う高校の階段の踊り場だった。休み時間の終わりで次の授業の理科室へ向かう途中、彼とすれちがった。彼は三人の友人と仲良く談笑しながら階段を上っていく。

彼は私には気づいていないようだったけれど、私はすぐに彼だとわかった。友人たちと楽しそうに会話をしていても目の奥は笑っておらず、公園で見かけたときと同じで、顔に生気がなかったから。

その後、夜の公園や学校内ですれちがっても、お互い声をかけることはなく、私もとくに彼のことを意識していなかった。


「あれ、桜良じゃん。久しぶり！　元気してた？　たしか柑奈と同じ高校に行ったんだよね。ちょっと髪伸びたんじゃない？」

梅雨が始まり、じめじめとした湿っぽい空気が漂う六月の日曜日。近所のコンビニから出た私は、見覚えのない女の子に声をかけられて硬直した。

「桜良？　どうかした？」

ベリーショートの髪の毛に、薄らと頬にそばかすがある。一重まぶたで、身長は百六十四センチの私よりはやや低め。

彼女の顔をいくら凝視しても、彼女が何者であるか一向に思い出せない。顔はわかるのに名前が出てこないということでもなく、顔も名前もまったく浮かばないのだ。

「えっと、久しぶり。髪、伸びたかも」

動揺を隠して自分の髪の毛に触れながら答える。

私や柑奈の名前を知っているということは、彼女が人ちがいをしているわけでもなさそうだった。同じ中学に通っていた子だろうか。とりあえず私は、下手なことは言わずに話を合わせることにした。

「桜良も柑奈も、バレー辞めちゃったって本当なの？」

「あ、うん。ちょっといろいろあって」

「ふうん。ていうか、桜良よそよそしくない？　なんか変だよ」

「そんなことないよ。私、用事あるからもう行くね。ごめんね」

それ以上話すとボロを出してしまいそうで、無理やり切り上げて小走りでその場を離れた。

家に帰ると、すぐに中学の卒業アルバムを開く。一組から順番に個人写真の顔を確認していくと、私と同じクラスのひとりの女子生徒の写真に目が留まった。

「五十嵐《いがらし》……史香《ふみか》……」

そこに書かれた名前を声に出して読み上げる。先ほど私に声をかけた子でまちがいなかった。けれど名前を知っても、まったくぴんとこない。さらにページをめくっていくと、バレー部の集合写真のところにも彼女の姿があった。

私の隣にいて、ふたりとも楽しそうに笑っている。アルバムの後半のページには仲の良かった子にメッセージを書いてもらっていたが、そこにも五十嵐史香の名前があった。

『高校に行っても私のこと忘れないでね！（笑）ずっと親友だよ！　五十嵐史香』

彼女が残したメッセージを読んで、一瞬ぐらりと目眩がした。私は親友だったらしい彼女のことを忘れてしまったのだ。最近は自分が忘れたものを把握できない日々が続いていたので、すっかり病を軽んじていた。虫喰い病は基本的に自覚症状がほとんどないため、もしかするともう治っているのでは、とそんなことは絶対にありえないのに先日柑奈と楽観的に話したりもしていた。

けれど確実に、私の気づかないところで病は少しずつ進行し、私の記憶を奪っていた。

親友を失ってしまったショックと、改めて感じた虫喰い病の恐ろしさに震えが止まらなくなる。

自分が気づいていないだけで、私はすでにいくつもの大切な記憶を失っているのではないだろうか、とパニックに陥った。

すぐに部屋に来てくれたお母さんに宥められ、抗不安薬を飲んでしばらくすると荒れた心が落ち着いていく。

ノートを確認してみると、『絶対に忘れたくない大切なもののリスト』の中に五十嵐史香の名前は見つからなかった。私にとって彼女は大切な存在ではなかったのか、それともこのノートを作成する以前にすでに彼女のことを失っていたのか。

ノートをつくったのは高校に入学してからだったので、今はもうどちらなのかわからない。だとしても身近な友人を失ったショックはあまりにも大きかった。

「史香？　もしかして忘れちゃったの？　小学生の頃から一緒で、あたしたちの親友だった子だよ」

柑奈に五十嵐史香は私にとってどんな存在だったのか電話越しに訊ね、返ってきた言葉に愕然とした。

私と柑奈と史香の三人は小学生の頃から仲良しで、いつも三人でいたという。彼女はバレーの強豪校に進学したそうで、最近は史香の部活が忙しくて柑奈も会えていなかったらしい。

泣きながら電話を切ると、メッセージが一件届いていることに気がつく。開いてみると、史香からのメッセージだった。

私は恐るおそる画面をタップする。

『桜良さ、なんか雰囲気変わったね。久しぶりに会えたのにあの態度はないわ。私は桜良や柑奈みたいにかわいくないもんね。もう私みたいな子とは関わりたくないってことなんでしょ。この間も駅で偶然会ったとき目も合ったのに私のことスルーしたよね。佳奈《かな》も麻衣《まい》も遊びに誘ったら断られたって前話してたし、高校に行ったら昔の友達はどうでもいいんだね。私ももうどうでもいいけど』

心臓をぎゅっと掴まれたような重たい痛みが走る。親友だったのならば、たしかにあの態度はいただけなかったかもしれない。もっとうまく話を合わせて無難にやり過ごすべきだった。それに彼女と駅でばったり顔を合わせていたなんて知らなかった。書いてあるとおり、彼女は無視されたと思ったのだ。

同じバレー部だった佳奈と麻衣の誘いの件はしっかりと覚えている。何回か遊びの誘いがあったけれど、ちょうど通院と重なったり気分が乗らなかったりで、断ってしまった。

史香からの怒りのメッセージにどう返事をしていいかわからず、ごめんなさいとひと言送ったが、何時間経っても既読がつくことはなかった。

一度頭の中から消えてしまうと、この史香とのやり取りの記憶もまたしばらくすると曖昧になり、私は彼女を忘れたことすらも忘れてしまう。

失った人やものを新たに覚えようとしても、一度失った記憶は定着しないのが厄介だった。記憶を失ってできた穴は、二度と埋まることはない。だから私は、また明日には史香を失ったことも、届いたメッセージも、先ほど電話で柑奈に聞いた史香の話も忘れてしまうのだ。

そうならないように、携帯のデータフォルダの中に『失ったものたち』というフォルダを新たにつくった。お母さんも柑奈も、私が忘れてしまったものをメモしてくれているみたいだけど、今回の一件で私自身も失ったものを把握しておくべきだと判断したのだ。

柑奈にメッセージを送り、私の頭の中から消去されたものを画像と一緒に送ってもらった。届いた画像に名前を記入し、成仏させる思いでフォルダの中を埋めていく。

過ぎたことを悔やんでも仕方がないと人は言うけれど、私の場合は忘れたことを悔やんでも仕方がない、と思って割り切るしかないのだ。消えた記憶は捨てるつもりでこのフォルダの中に入れて、前に進めばいい。

私はそうやって生きていくしかなかった。

「古河さん。これ、落としたよ」

授業中にポケットに入れていたハンカチを落としたとき、後ろの席の女子生徒が私の顔色を窺いながら恐るおそる手渡してくれた。

ありがとう、と彼女の目を見ずに素っ気なく告げる。クラスの誰とも仲良くしないようにしているせいか、クラスメイトにとって私は近寄りがたい存在らしい。

小学、中学と、私は友人から下の名前で呼ばれることがほとんどだった。先生の中にも名前で呼んでくれる人は数人いたのに、高校に入ってからは名字でしか呼ばれない。

自分が望んだことなのに、古河さんと声をかけられるたびに寂しい気持ちになった。

結局一年のときは友達はひとりもできず、周囲に病気のことを隠したまま私は二年に進級した。

「青野悠人です。帰宅部で、趣味は散歩です。よろしくお願いします」

新学期が始まった最初のホームルーム。私の斜め後ろの席に座った男子生徒の自己紹介を、イヤホン越しにしっかりと聞いた。まさか夜の公園で時々見かける人と同じクラスになるなんて思わなかった。

私はいつも屋根つきの薄暗いベンチにいるので、もしかすると彼は私の存在に気づいていないかもしれない。

気まずいなと思いながらも、私は自分の名前だけ言って短く自己紹介を終えた。

それから数日後、彼は事故に遭い、入院したらしかった。

虫喰い病の経過観察で通院したとき、入院中の青野くんと鉢合わせになり、そこで初めて彼と話した。まさか同じ病院に入院しているとは思わなくて、彼と目が合った瞬間、思考が停止した。

私の病気を知られるわけにはいかない、と平静を装って対応した。そのあとすぐに名前を呼ばれ、安堵しながら私は診察室へと向かった。

その日の診察結果が芳しくなかったようで、後日両親とともに病院に呼ばれ、そこで担当医の菊池《きくち》先生に余命一年と告げられた。

虫喰い病の余命は三年であると言われているので、ある程度覚悟はできていた。でも、実際にあと一年だと告げられると怖くて涙が止まらなかった。お父さんもお母さんも、菊池先生の前で涙を流した。

五年以上闘病している患者もいるから、頑張って治療を続けていこうと菊池先生は優しく声をかけてくれたけれど、はいとは言えなかった。

それからも私は毎晩、公園に通い続けた。荒れた心を癒すために、静かな夜とネロに救いを求めるかのように。

私は余命宣告をされても病気を隠して高校生活を送っていたけれど、ある日の夜、彼に病気のことを気づかれてしまった。私の振る舞いを見て勘づいたらしい。虫喰い病はいまや認知症のひとつとして広く流布している病であるため、知っている人がいてもおかしくはなかった。しかし彼は、亡くなったお姉さんも虫喰い病であると私に打ち明けた。

涙を流しながら話す彼に胸を打たれた私は、高校に入ってから初めて自分の病気のことを話した。

誰かに打ち明けたところでどうにかなる問題ではないけれど、今まで隠してきたせいか、話を聞いてもらって心が軽くなるのを感じた。肩の荷が下りたような、鬱屈していた心が晴れたような気持ち。

柑奈以外の前で笑ったのも久しぶりだった。高校生になって友達ができたのもそのときが初めてだった。

「あ、そうだ。私のことは名字じゃなくて、名前で呼んでほしいんだけど」

帰り際、照れくさかったけれど彼にそう伝えた。やっぱり友達には桜良と呼ばれる方が嬉しいし、名字で呼ばれることに未だに慣れなかったから。

彼は戸惑いつつも首肯してくれてほっとした。

しかし日を追うごとに病は確実に進行していき、私の記憶は徐々に失われていった。

柑奈と青野くんに背中を押され、二学期からは生まれ変わろうとせっかくピアノの伴奏に立候補したのに。

ステージ上のピアノの前に座って楽譜を立てかけたとき、なにもかも飛んでしまったのだ。音符記号や拍子記号など、それがなんなのかひとつも理解できなくて呆然とするしかなかった。

青野くんが機転を利かせてくれたおかげで危機を乗り越えられたけれど、工藤さんは私がわざと弾かなかったんじゃないかと大激怒。もともと嫌われていたのにさらに嫌われた。

以来、私は再び心を閉ざし、やっぱり今までどおりの古河桜良でいようと決意した。私は友達をつくることも、恋をすることももうできっこない。

以前よりも塞ぎこんでしまった私は、藁にもすがるような思いでいつか青野くんが教えてくれた口角を上げるという行為を自分の部屋で何度も実践した。気休め程度とはいえ、たしかに効果はわずかに感じられたのだ。ときには涙を流しながら口角を上げたこともあった。

思えばその頃から青野くんを好きだったのかもしれない。落ちこんでいた私のそばにいてくれて、優しく声をかけてくれた。同じクラスに青野くんがいなかったら、私はきっと不登校になっていたにちがいない。

そんな私に、青野くんが告白してくれるなんて思わなかった。青野くんと交際を始めてからはそれまでよりも頻繁に連絡を取り合うようになった。

短い冬休みが終わり、三学期が始まる。冬休みは柑奈と青野くんと三人であちこち出かけたり、柑奈の家で宿題をしたりして過ごした。

私と青野くんはそれまでと同様に学校では言葉を交わさず、放課後や夜の公園でしか話さなかった。私がそうしたいと彼に頼んだのだ。私のような嫌われ者と仲良くしていると、彼の沽券にかかわると思ったから。

「誤解は俺が解くから」と青野くんは言ってくれたけれど、私はそれも拒んだ。青野くんと柑奈がいれば、私はそれだけでよかった。

この時期の夜の公園は寒さが厳しいため、週に一、二回しか足を運んでいない。ネロもやっぱり寒いのか、私がベンチに座るとすぐに膝の上に飛び乗ってきて身を縮めるのだった。

二月にチョコレートを失ったらしい私は、バレンタインにクッキーを焼いて青野くんに渡した。

「これはこれでありかもね」

私が焼いたクッキーを、青野くんは少しも不満を漏らさずに完食してくれた。いつも私を気遣ってくれて、そういうところも好きだなって思った。

「むしろ来年からは、バレンタインと言えばクッキーが主流になってもいいくらいだよね」

柑奈までそうする必要はないのに、彼女も私と一緒にクッキーをつくり、恋人にプレゼントしたらしい。

ふたりの優しさに私はいつも救われてばかりだ。

「春休みの計画も立てようよ。桜良と青野はどこに行きたい？」

三月の中旬になると、夜の公園で三人で春休みの予定を話し合った。気温が徐々に上がり、私たちはまた頻繁にこの公園に集まるようになった。

柑奈と青野くんは、私の記憶や思い出を増やそうと昨年の夏から奔走してくれている。しかし、私はすでにたくさんの記憶を失っていた。

『絶対に忘れたくない大切なもの』のノートにはあれからバツ印が増えたし、クラスメイトの中にも何人か見覚えのない生徒がいる。痛みに慣れてしまったのか、今はもう前に比べるといちいち悲しむこともなくなっている。

忘れたものを悔やんでも仕方がない。私はそうやって自分に言い聞かせるように、『失ったものたち』のフォルダに失ったものを無心で次々に放りこんでいく。

三学期になっても相変わらず友達はできなかったけれど、柑奈と青野くんがいれば苦ではなかった。

でも、ふたりの大切な時間を奪っている気がして、時々罪悪感に駆られることも少なからずある。私なんかのために、と考えずにはいられなかった。

「あたし、ネイルするの初めてかも。桜良はどんなデザインにするの？」

春休み初日。私は柑奈と一緒に駅近のネイルサロンに来ていた。私たちの高校はネイルが禁止されているので、春休みの間だけでも楽しもうと思ったのだ。

「春だから、春らしいデザインがいいなぁ」

「あたしも春っぽいのがいいな」

ネイルをしてみたいと言った私に付き合わせて申し訳ないけれど、あたしもしてみたかったと柑奈も乗り気だった。

店内は小洒落た美容室のようで、アロマの香りが漂っている。

「予約してた横山と古河です」

柑奈が緊張したように肩をすぼめて名乗る。初めてのネイルサロンなのだから無理もない。私たちにとってネイルは、大人の女性が嗜むものという認識だった。

それぞれ案内してもらい、私はびっくりするほど美人のネイリストさんに担当してもらった。

手渡された名刺には、『三浦綾香《みうらあやか》』と書かれていた。

「どんなデザインにする？」

「あ、えっと……春だから、桜とか入れてもらえたら嬉しいです」

「桜ね。こういうのとか、どう？」

三浦さんは携帯の画面を私に見せ、桜のデザインのネイルをいくつか提案してくれる。

「じゃあ、これでお願いします」

その中のひとつに指をさし、デザインが決まったところで施術が始まった。

彼女の器用な手つきに思わず見とれてしまう。指も長くて綺麗で、左手の薬指には指輪がはめられている。

私はきっと、永遠の愛を誓い合う雅やかな指輪を一生つけることはないのだろう。羨ましくて、その綺麗な指輪から目が離せなかった。

「桜良、終わったら青野に見せてあげなよ」

私の隣で別のネイリストに施術を受けている柑奈が声を弾ませる。彼女も恋人に見せるのを楽しみにしていた。

「うん、そうだね」

返事をすると、柑奈は満足そうに頷いて担当のネイリストと談笑し始める。

「お友達、賑やかな子だね」

細かい作業をしつつ、三浦さんはにこやかな笑みを見せる。

「そうなんです。うるさくてごめんなさい」

「ううん。ふたりは親友なの？」

「はい。親友です」

「そう。それなら、大事にしないとね」

ふと遠い目をした彼女に、はいと私は答えた。


「ありがとうございました」

施術を終えてお礼を言ってからふたりで店を出る。私は白に近い薄ピンクの桜を、柑奈は濃いピンクの桜のデザインにしてもらって、お互いの爪を見せ合った。

かわいいかわいいと連呼し合って、何枚も写真を撮ってそれぞれの恋人に送りつけた。

「あ、青野くんから返事来た」

どちらの彼氏が先に返信をくれるか、なんてくだらない勝負をしたら、送って一分も経たずに返事が来た。私の圧勝だった。

『綺麗だと思う。ネロにもしてあげたいね』

ボケなのか天然なのかよくわからない返事が来て、『ネロの爪だと小さすぎて無理だと思う』と正論で返しておいた。
「あたしの彼氏、既読すらつかないんだけど。青野はきっと暇なんだよ」
返事がなかなかこない柑奈は、不貞腐れたように青野くんに当たる。柑奈の恋人は
あまりマメではないらしい。
こういったなにげなくも楽しい出来事があるたびに、私は卑屈になってしまう。
このやり取りもいつか忘れるのだろうか。そう考えて、なにもかも心から楽しめな
くなるのだ。
「明日も朝、迎えに行くね」
ネイルサロンに行ったあと買いものをしてカフェに立ち寄ったあと、柑奈は私の家
まで送ってくれた。明日は青野くんと柑奈の三人で映画を観にいくことになっている。
「うん、ありがとう。柑奈ももう少し彼氏さんとの時間をつくった方がいいんじゃな
い？　私のことは気にしなくていいから」
「全然大丈夫。春休みの後半で遊ぶ約束してるし。それに彼氏よりも桜良の方が大事
だから」
つい先ほどようやく恋人から『いいんじゃない？』と返事が来た柑奈は、当てつけ
のようにぼやいた。
届いた返事は実に興味のなさそうなそのひと言だけで、柑奈は不満げだ。

私との時間を優先するあまり、恋人との関係はうまくいっていないのかもしれない。

「そんなこと言わないの。じゃあ、また明日ね」

「うん、じゃあね」

柑奈は私に笑顔を見せて、手を振った。

桜色に染まった指先を空にかざしながら、彼女は交差点を曲がっていく。

次の日も、その次の日も三人で短い春休みを過ごした。失われていく記憶に抗うように。

ふたりのおかげですっかり忘れていたけれど、余命一年と告げられてから、もうすぐ一年が過ぎようとしていた。

最後の夜

春休みが終わり、桜が開花した頃、僕たちは三年に進級した。

この高校は二年から三年にかけてクラス替えは行われず、全員同じメンバーだ。決して仲のいいクラスではないけれど、僕は嫌いではなかった。なにより桜良がいるし、それなりにいいやつらばかりだから。

桜良は進級しても友達をつくらない姿勢をもう変えるつもりはないらしく、新学期が始まってもクラスでは常にひとりぼっちだった。

そんな桜良が進級して最初に失ったものは、携帯電話だった。日曜日の朝、彼女に連絡したが夜になっても返信がなく、月曜日の朝に横山からその事実を聞いた。

「桜良、スマホを忘れちゃったみたい」

なにも知らない人が聞けば、どこかへ置き忘れたと思うかもしれないが、桜良のそれは頭の中から、ということになる。

彼女は携帯に失ったものを保存したり、行った場所などを写真や動画に収めたりしていたが、それらもすべて失われた。

もう彼女と簡単に連絡を取ることはできない。現代人の生活必需品とも言えるものを失ってしまった桜良が気の毒でならなかった。

その後も桜良は、次々と大切な記憶を忘却していった。

「すいぞくかん……ってなんだっけ？」

夜の公園で横山が冬休みに三人で行った水族館の話を持ち出したとき、話の途中で桜良が申し訳なさそうにそう言った。

僕と横山は顔を見合わせ、横山は一瞬表情を強張らせたが、すぐに笑顔をつくって幼い子どもに教え諭すように桜良に説明する。

「水族館はね、海の生きものがたくさん展示されている施設だよ。魚とかイルカとかペンギンとかクラゲとかいっぱいいてね、すごく綺麗なところなんだよ」

言いながら、横山の声は震えだした。忘れてしまった桜良よりも、水族館について説明する横山の方が苦しそうだった。

「そうなんだ。素敵なところなんだね。でも、ごめん。せっかくふたりが連れていってくれたのに、ちっとも思い出せないや……」

横山とは対照的に、桜良は落ち着き払った口調で言ってのけた。どこか諦観しているようでもあり、もはや記憶を失うことに痛痒もないのかもしれない。

また連れていってあげるからね、と言った横山は最後には泣き出してしまい、そのまま公園を出ていった。

今後、桜良を水族館に何度連れていったとしても、その記憶が残ることは永遠にない。

「……やっぱり、黙ってた方がよかったかな。話を合わせていれば、柑奈を泣かせることもなかったよね」

横山が去ったあと、桜良は膝の上にいるネロの背中を撫でながらぽつりと言った。

「いや、ちゃんと言った方がいいよ。桜良がなにを忘れたのか、俺も横山も把握しておきたいし」

「じゃあ言うけど、さっき柑奈の話に出てきた海の生きものの中で、魚とイルカ以外わからなかった」

「えっと……ペンギンとクラゲ？」

「あ、そう。そのふたつも記憶にない言葉だった」

そっか、と僕は力なく返す。もしかすると彼女は、僕が思っているよりもたくさんの言葉をさらに失ったのかもしれなかった。

「とにかく、話しててわからない単語があったら、その都度教えて。もしかしたらそれが桜良にとって大切なものだったってこともあると思うから」

「うん、わかった」

桜良は悄然としてため息を零す。恋人同士で、夜の公園というシチュエーションであれば、もっと前向きで甘い会話をするべきではないのか。けれど飛び交うのは暗い話ばかりで、色気のかけらもなかった。

「ふたりのこと傷つけてばかりだね、私。ごめんね」

「そんなことないし、気にすることもないって。一番傷ついてるのは桜良なんだから」

迷惑かけてごめんね、と言った姉の言葉がふと蘇った。きっと姉も桜良と同じように、周りの人たちが自分のことで悲しむ姿を見たくなかったのだろう。

浮かない表情の桜良の背中をさすって、「大丈夫だから」と僕は励まし続けた。


桜もすっかり散ってしまい、寂しく思っていた頃。

僕はその日、桜良とふたりで水族館に行く約束をしていた。

「私が忘れたものをもう一度見てみたい。また明日には見たことを忘れちゃうけど、その瞬間だけでもいいから楽しみたいの」

桜良にそう頼まれると、断ることなんてできなかった。

午前中は病院に行くと聞いていたので、僕は午後になってから水族館へと向かった。桜良は検査を受けたあとに母親の車で送ってもらうらしく、現地で待ち合わせることになっている。

少し早く到着したのに、桜良は水族館の入口で僕を待っていた。彼女は母親と一緒だった。

「こんにちは。えっと、お久しぶりです」

僕は桜良の母親に頭を下げる。顔を合わせるのは桜良がエアコンを失い、熱中症になって搬送された病院で会って以来だ。

「こんにちは。桜良のこと、よろしくね」

彼女の母親は僕の分のチケットまで買ってくれて、「夕飯までには帰るのよ」と桜良に伝えて帰っていった。

母親が帰った途端、桜良は僕の手を握って歩く。横山と三人のときは照れくさいのか手を繋ぐことはなく、ふたりのときだけこうして触れてくるのだ。なにも言わずにさりげなくそうするものだから、僕はいつもひとりどきどきしてしまう。

館内に入ると、水槽の中を順番に見て回り、桜良が忘れてしまったクラゲの水槽の前で足を止める。

「これがクラゲだよ。いろんな種類がいて、不老不死のクラゲもいるらしいよ」

「これがそうなんだ。すごいね、クラゲって」

言いながら桜良は小さなカメラをかまえて写真を撮り始める。携帯を失ってからはそのカメラを買って写真や動画に記録しているらしい。

彼女の首元の、桜貝のネックレスが水槽の淡い光に反射して、キラキラと輝いている。プレゼントしてからはどこへ行くにも必ず着けてくれていて、学校でもこっそり着けているのを僕は知っていた。

気に入ってくれているみたいで、そのネックレスがちらりと見えるたびに嬉しくなった。

「これがペンギンかぁ。歩き方がかわいいね」

次にペンギンがいるエリアに連れていくと、彼女はまた何枚も写真を撮りだした。桜良にとっては相当珍しい生きものに映ったのだろう。彼女は近くにいた幼い子どもと同じ表情で水槽内を泳ぐペンギンに目を奪われている。

すべての水槽を見て回ったあと、水族館の最寄り駅まで歩いた。

「家まで送ってくよ」

「青野くんこのあと友達と買いもの行くって言ってたよね。ここで大丈夫」

「そっか、わかった」

「今日の夜、緑ヶ丘公園で会える？」

今こうして会っているのに、またすぐに会いたいと言われているようで気分が舞い上がる。

「うん、じゃあいつもの時間で」

携帯を失った桜良とは、一緒にいるときに次の約束をするしかなかった。彼女の自宅に電話をかけて話すことは可能だが、両親が出ると気まずい。

桜良を見送ってから、僕は別の電車に乗って大型ショッピングモールへと向かう。

「あ、いたいた。水族館どうだった？」

すでに到着していた横山と合流し、店内を歩いていると彼女が聞いてきた。

「楽しんでたよ。ペンギンの写真撮りまくってたし」

「そっか。桜良、ペンギン好きだったもんね。で、なに買うか決まったの？」

「まだ決まってない。横山は？」

「あたしも」

三日後に桜良の誕生日が控えているため、僕たちは誕生日プレゼントを買いにここへやってきた。横山もなにを買うか決まっていないようで、雑貨屋や服屋、アクセサリーショップなどを時間をかけて見て回る。

途中からは二手に分かれ、それぞれ目的のものを探し歩いた。

「あたしはコスメにした。青野はなににしたの？」

お互いにプレゼントを購入して再び合流すると、横山は手提げ袋の中からカラフルに包装された小箱を取り出して僕に見せた。リップクリームやハンドクリームなどが詰まっているコスメセットにしたらしい。

「俺は香水にした。桜の香りがするやつ」

「え、そんなの売ってたんだ。桜良から桜の香りがしたら最高じゃん。あたしもそれにすればよかった」

「それじゃあ意味ないでしょ」

　お目当てのものを手に入れた僕たちは、ショッピングモールを出て近くの駅まで歩く。

　時刻は午後六時を回っていて、自宅の最寄り駅に着いた頃には辺りは薄暗くなっていた。

「どうやって渡そっか。やっぱサプライズとかしたいよね」

　僕の携帯に着信があったのは、駅舎を出て横山がプレゼントの渡し方を提案してきたときだった。

「あれ、桜良の自宅からだ。なんだろ。もしもし」

「あ、青野くん？　桜良の母です。あの子まだ帰って来てないんだけど、今一緒にいる？」

「え？　二時間くらい前に帰ったと思いますけど、まだ帰ってないんですか？」

　携帯を耳に当てながら、横山と目が合う。彼女の瞳が瞬時に不安の色に変わる。

「わかりました。僕も捜してみます」

　電話を切ってから横山に説明し、自転車に乗ってまずは緑ヶ丘公園へと向かった。

「ここにいると思ったのに、いないね。桜良、どこ行ったんだろ。ネロ、あんた知らない？　あのときみたいに桜良のもとへ案内してよ」

屋根つきのベンチで居眠りしていたネロを抱き上げて横山は訊ねる。けれど桜良が熱中症で倒れたときのようにはいかず、ネロはゴロゴロと喉を鳴らすだけだった。

「もしかして、自分の家の場所がわからなくなったとか？」

「だとしたら、この辺りにいるかも。青野はあっち捜してきて」

僕と横山は二手に分かれ、最寄り駅周辺を捜し回る。しかしどこを捜しても桜良の姿は見つからず、時間ばかりが過ぎていく。

姉がいなくなったあの夜がフラッシュバックして、汗が止まらなかった。

もう一度駅に戻ると、駅舎の中から息を切らした横山が出てきた。彼女は構内を隈なく捜していたらしい。

「桜良、いないね。ねえ青野。最後に桜良と別れた場所ってどこなの？」

「えっと、水族館の近くの駅からこっち方面に向かう電車に乗ったところまではしっかり見届けたから、近くにはいると思うんだけどな」

もしかして、と横山は顎に手を当てる。

「桜良、自宅の場所がわからなくなったんじゃなくて、降りる駅を忘れたってことはない？」

「……その可能性もなくはない」

「もしそうだとしたら、桜良はどこにいるの？」

「わかんないけど、この辺りを捜しても見つからないってことは確かだと思う」

僕と横山は改札口を抜けて、水族館方面からやってきた電車に乗ってとりあえず終着駅まで向かうことにした。

「桜良、大丈夫かな」

車窓の外を流れる景色を眺めながら、横山は不安げに呟く。

「うん、無事に見つかるといいね」

今にも泣き出してしまいそうな横山を見ていると、そう答えるしかなかった。

終着駅までの各停車駅でも、桜良の姿がないか確認したが彼女の姿は見当たらない。横山はいてもたってもいられないのか、車両の端から端まで歩いて車内に桜良がいないか捜しにいった。

そして乗車してから一時間半後、終着駅に到着した。時刻はもうすぐ十時を回ろうとしている頃で、『友達が失踪して捜してる』とだけ親に連絡を入れておいた。

「青野はあっち捜してきて。あたしはこっち見てくる」

降車すると、僕と横山はまた二手に分かれて桜良を捜しに走った。この時間にもなると人は少なく、ホームの一番端のベンチに膝を抱えて座っている髪の長い女の子が見えた。パーカーのフードを被り、深く項垂れている。この距離からははっきりと見えないが、今日桜良が着ていた服の色と一致している。

「桜良！」

僕は声を張り上げてその少女のもとへ駆けだす。人ちがいだったら謝ればいい。

ベンチに座っていた少女は顔をこちらに向け、立ち上がった。

「やっぱり桜良だ。よかった、見つかって」

そこにいたのは桜良でまちがいなかった。桜良は目を潤ませて僕に抱きつき、「もう帰れないかと思った」と力ない声で言った。

「桜良をひとりで帰した俺のせいだ。ごめん」

「青野くんは悪くないよ。私、降りる駅まちがえちゃったみたいで」

僕を悲しませないための嘘なのだと、聞かずともわかった。横山が言っていたとおり、桜良はおそらく降りる駅の名前を失ってしまったのだ。桜良は今後、ひとりで電車を利用しての移動は難しくなった。

「あ、桜良！」

振り返ると横山が猛ダッシュでやってきて、今度は横山が桜良に抱きついた。

「どこ行ってたの桜良〜」

ごめんごめん、と桜良は横山の頭を撫でる。ふたりのやり取りを見ていると立場が逆転している気がして思わず笑ってしまった。

「もう遅いから、一緒に帰ろう」

携帯を手に取った横山は、桜良の母親に無事に保護しましたと電話越しに伝える。

「本当にごめんね。迷惑かけちゃって」

電車を待っている間、桜良が僕の隣に立ち、僕の手をぎゅっと握った。その手は震えていて、僕は力強く握り返した。

「迷惑なんかたくさんかけて大丈夫だから。俺も横山も世話焼きなところあるから、そういうの平気だし」

「うん、ありがとう」

彼女がいっそう強く僕の手を握る。帰る場所を失い、よっぽど心細かったのかもしれない。せめて携帯を失っていなければ防げたはずだった。

数分後にやってきた電車に乗って、無事に桜良を家に送り届けて長い一日が終わった。


三日後の桜良の誕生日には、三人でボウリングやカラオケに行って祝った。

買ってきたプレゼントを渡すと桜良は喜んでくれて、さっそく僕が渡した桜の香水を手首に振りかけた。

「いい匂いがする～」と横山が鼻をくんくんさせると、その香水を僕と横山にもつけてくれた。馥郁《ふくいく》たる桜の香りが、フライドポテトの匂いが充満していたカラオケボックス内に満ちていく。すでに散っていたが、その場所だけ見えない桜が咲いたように華やかになる。

こういう穏やかな日々が続けばいいと、僕も横山も、そして桜良もきっと思っているにちがいなかった。

しかし桜良を襲った病のせいで、穏やかな日々は続かない。

翌月に行われた球技大会では、桜良はバスケットボールの女子チームに入ったが、ずいぶん前に彼女はバスケを失っていた。

「辞退した方がいいんじゃない？」

僕がそう持ちかけても、「大丈夫。やれる」と桜良は頑なに辞退しようとはしなかった。ほかにも卓球やバドミントンなど種目はあったが、バスケには工藤たちのグループが真っ先に立候補したため、参加者が少なかった。

おそらく桜良は、僕や横山に安心してほしくて無理をしているのだと思った。

案の定、その判断は失敗に終わる。

桜良は当然ルールがわからず、ダブルドリブルやトラベリングなどの反則を連発し、僕たちのクラスの女子チームは一回戦で敗退。

これに激怒したのが、言うまでもなく工藤だった。

「お前わざとやってんだろ。ふざけんなよ！」

工藤は桜良に詰め寄ったが、僕が間に入って工藤を宥めた。誰よりも走り回り、チームを勝たせようと奮起していたのはまちがいなく桜良だったのだ。ルールはわかっていなかったけれど。

「お前もけっこう足引っ張ってただろ」

矢島くんのもっともな野次が飛ぶと、思い当たる節があったのか工藤は苦虫を噛み潰したような顔で引き下がった。

桜良は体育館の隅っこでひとり膝を抱えて座り、二回戦の様子を眺めていた。なにか声をかけてやりたかったけれど、僕はサッカーの試合がすぐに控えていたので、気になりつつもそちらへ向かった。

結局男子サッカーも初戦で敗退し、急いで体育館に戻ったけれど桜良の姿はなかった。その後どこを捜しても見当たらず、あとで聞いたところによると桜良は早退したらしい。

いつもは横山と登下校しているため、電車通学は今も継続していた。自宅の最寄り駅を失った彼女がひとりで帰宅するにはタクシーやバス、徒歩しか選択肢はなかった。

その日の夜に緑ヶ丘公園で桜良が来てくれるのを待っていたが、やってきたのは横山だった。

「やっぱりいたか。さっき桜良の自宅に電話かけたら、部屋に籠もって出てこないって桜良のお母さんが言ってたよ。だから、待ってても桜良来ないと思うけど」

僕は横山を一瞥して、それからベンチの上で眠っているネロの頭を撫でる。

「べつに、ネロを触りに来ただけだから」

「なにその無駄な強がり。青野はさ、もし桜良に忘れられちゃったら、どうするの？」

胸の奥にある古傷が、ずきりと痛んだ気がした。桜良に忘れられるなんて、僕が今一番考えたくないことでもあった。

「そのときはそのときだよ。桜良が虫喰い病である以上、いつでも覚悟はできてる」

姉に忘れられたときも覚悟はしていたのに、僕の心は深く傷ついた。いくら準備をしていたとしても、大切な人に忘れられる痛みは決して和らぐことはないのだと僕は知っている。

それに桜良に忘れられたときは、僕は死ぬつもりなのだ。今の僕は桜良に生かされていると言ってもいい。彼女がいなければ僕は、本当なら今頃この世にはいないはずだった。

でも、横山にはそこまで話す気にはなれなかった。

「また強がっちゃって。桜良に忘れられたら、きっと青野は大泣きするんでしょ」

「横山はどうなんだよ。人の心配してる場合じゃないと思うけど。その日は突然やってくるわけだから、横山も覚悟しておいた方がいいよ」

してるよ、と彼女は言下に答える。してないわけない、と語気を強めて付け加えた。

「毎朝怖いよ、あたしだって。いつかあたしのことも忘れちゃうんだろうなって考えると眠れなくなるし、涙が止まらなくなる。朝、桜良に声をかけるときが一番緊張する。誰ですか、なんて言われたら……。想像もしたくない」

きっと想像してしまったのだろう、彼女の表情はみるみるうちに陰っていく。ふたりは小学生の頃から親友だったそうだから、彼女の気持ちもわからなくはなかった。

「とにかく、今日は桜良は来ないって伝えに来ただけだから。じゃあね」

横山はきつい口調で言ってから公園を出ていった。それだけなら連絡の一本で済む話なのに、おそらく彼女もじっとしてはいられなかったのだろう。

僕はしばらくネロの背中を撫でてから公園をあとにした。


球技大会の振替休日明けの火曜日の朝。久しぶりに通学途中の電車の中で藤木と鉢合わせた。いつもは彼のいない車両を選んで乗車していたが、その日はうっかりしてしまった。

「悠人くん、おはよう」

彼は僕の隣に腰掛ける。

「あ、どうも」

「今日ってたしか、舞香の誕生日だったよね」

「ああ、そういえばそうでしたね。ていうか、よく覚えてますね、そんなこと」

今朝、両親と朝食をとっているときにもその話題が出た。母が涙ぐんで気まずくなり、重い空気のまま朝食をとる羽目になった。姉の誕生日と命日は、家族内の空気が重たくなるのでなるべく早めに家を出るようにしていた。

やっと解放されたと思ったのにわざわざ古傷を抉るような話を振ってくる藤木に、改めて腹が立った。

「舞香、生きてたら今頃ハタチだったんだね」

まだ話を続けようとする藤木の言葉を遮るように、僕は冷たく言い放つ。

「あの、いつまで姉の話してるんですか。もう姉のことは忘れて新しい恋人でもつくったらどうですか。引きずってるのか知らないですけど、俺はもう前を向いて進んでるんで」

彼の返事を待たずに僕は立ち上がり、隣の車両へ移動する。言ってやったという爽快感と、言ってしまったという罪悪感が混ざり合い、胸の中がもやもやして気持ちが悪かった。

どちらかというと後者の方が強くて、言い終えてからじわじわと後悔に襲われる。どうしてあんな言葉が出たのだろう、と深く自省する。きっと桜良のことで気を揉んでいたからとしか思えない。

とはいえ謝りに戻る気にもなれず、ただじっと到着を待った。

その日は今朝の藤木とのやり取りが喉の奥に刺さった小骨のように気になって、放課後まで授業に集中できなかった。

それから数日間、朝の電車で藤木と顔を合わせることは一度もなかった。もし鉢合わせたら謝ろうかとも考えた。彼も大切な人を喪って傷ついているのは同じなのだ。もしかしたら彼なりに僕を励ますつもりだったのかもしれない。

若干の罪悪感に苛まれながらも、僕はその日の夜、緑ケ丘公園まで歩いた。園内には誰もおらず、ここしばらくは雨が続いていたこともあって桜良とは学校でしか会っていない。

ぬかるんだ地面を歩きながら屋根つきのベンチへと向かう。今日はネロの姿もない。

三十分ほどして来なければ帰ろうと決めて桜良を待った。

やがて遠くから足音が聞こえてきて、その音が園内に入ったのを確認してから僕は振り返る。

やってきたのは、桜良だった。

「お、今日は来たんだ」

「うん、ここでは久しぶりだね」

桜良はにこやかに笑って僕に小さく手を振る。六月に差しかかり、今日は気温が高いこともあって下はジャージだが上は涼しげな白のTシャツを着ている。僕も今日はいつも着ているジャージの上は部屋に脱ぎ捨てて、軽装で散歩に来ていた。

桜良はベンチまで歩いてくると、僕の隣に腰を下ろしてひと息ついた。

「梅雨入りしたみたいだから、また明日からしばらく夜の公園では会えなくなるね」

桜良は視線を落として寂しげに呟く。天気予報では明日から一週間、雨となっていた。

「雨かぁ。一応屋根はあるけど風向きによってはここにいても雨に当たるからなぁ」

「そうだね。早く梅雨が明けるといいね」

彼女は言いながら髪の毛を耳にかける。首元には桜貝のネックレス。ほんのり香る桜の匂い。

こうして桜良が僕の隣にいる幸せが、いつまで続くのか。梅雨が明けたときに、彼女が僕を忘れずにいてくれる保証なんてない。それどころか、今夜が最後になる可能性だってあるのだ。

――青野はさ、もし桜良に忘れられちゃったら、どうするの？

横山の声が頭の中で反響する。どうするかなんて、答えはとっくに決めている。

「なんか青野くん、最近元気ないね。悲しいことでもあった？」

桜良は身を屈めて、俯いていた僕の顔を覗きこむ。またふわりと桜の香りが舞った。

「そんなことないよ。全然元気だけど」

取り繕うように笑みを見せる。桜良のことで憂いているなんて言えるはずもなかった。

「あ、でもちょっとあったわ。実はこの前、駅で姉ちゃんの元カレにばったり会ってさ。向こうに悪気はなかったと思うんだけど、軽く皮肉っぽいこと言い返しちゃって。姉ちゃんの話を持ち出されてなんかついカッとなったというか、八つ当たりしたというか……」

あのときは自分でもびっくりするくらい躊躇いもなく悪態をついてしまった。そのまま言い捨てて藤木の顔は見ずに席を立ったので、彼がどんな顔をしていたか想像もつかない。

桜良は何度も瞬きをし、不思議そうに僕の顔をじっと見ていた。

「どうかした？」

「あ、ううん。そんなことがあったんだね」

どこか違和感を覚えたが、「ちょっと言いすぎたかも」と僕は苦笑する。

するとと桜良は、小首を傾げて僕に告げた。

「青野くんって、お姉さんがいたんだね」

「……え？」

「どうしてお姉さんの話をされてカッとなっちゃったの？　もしかして、お姉さんとうまくいってないとか？」

桜良の声は、もう僕の耳には届かなかった。視界が滲んで、桜良の顔がぼやける。

彼女の反応を見て、舞香の名前を失ったのだとすぐに悟った。

「え、ごめん。私、なんか変なこと言った？」

桜良は狼狽しながらポケットからピンク色のハンカチを取り出し、僕の目元を拭ってくれた。自分が泣いているのだと、そのときに知った。

「いや、なんでもない。そういえば桜良に言ってなかったかも。実は姉がいたんだけど、二年半前に事故で亡くなっちゃってさ……」

話しながら、何滴もの涙が頬を伝って零れ落ちる。姉の話を打ち明けたことをきっかけに、桜良は僕に心を開いてくれた。姉の病気のことや、死の真相を誰かに話したのも、桜良が初めてだった。姉の死に対する僕の気持ちを、唯一知っていたのが桜良だった。

仕方のないことだとしても、それらをすべて忘れられてしまったことが悲しかった。僕と桜良しか知らないふたりだけの、あの涙ながらに話した夜の会話が消えてしまったことが悔しかった。

大切な人を何人も忘れていった姉が、今度は忘れられる側になったことにも虚しさを覚えた。これ以上に皮肉な話があるだろうか。

「そうだったんだ。悲しいことを思い出させちゃってごめんね。辛かったんだね」

僕の涙の本当の理由など知るよしもない桜良は、慌てて僕を慰める。今さら本当のことを話す気にもなれないし、話したとしても彼女の頭には残らない。

「大丈夫。いきなり泣いてごめん。なんかいろいろ思い出しちゃって」

「私の方こそごめん。辛いのに話してくれてありがとう」

もう返す言葉も見つからなかった。桜良はなにも悪くないのに、怒りさえ込み上げる。もちろんそれは桜良に対するものではなく、あの忌々しい病に対してだった。

そのとき、どこからともなくネロが姿を現した。ネロはぴょこぴょこと走ってきて、桜良の足に頭を擦るように甘えだす。

そのかわいらしい仕草に口元が緩む。ネロの登場に救われる思いだった。

「わっ。びっくりした」と桜良は驚きつつもネロを抱き上げる。久しぶりに桜良に会えて嬉しかったのか、ネロはゴロゴロと喉を鳴らした。

「かわいい猫ちゃんだね。名前はなんていうの？」

「え？」

桜良のそのひと言に、僕の視界は再び真っ暗になる。たった今、姉を忘れられたことで胸を抉られたばかりだったのに。それは残酷すぎるだろうと叫び出したくなった。

「なんで私、こんなに懐かれてるんだろう。人懐っこい猫なのかな」

どうやら桜良は、ネロのことさえも失ってしまったらしい。雨続きで公園に来られなかった数日間のうちに失ってしまったのか、それとももっと前なのか。いずれにしても彼女がネロを認識できなくなった事実は変わらない。

桜良に動揺を悟られないように一度深呼吸をし、乱れそうな呼吸を必死に整える。

「見て、青野くん。この子、私の膝の上でくつろいじゃった」

ネロと戯れながら桜良は笑う。ネロに命を救われたことも忘れてしまったのかと思うと、止まったはずの涙がじわっと込み上げてくる。

桜良はもう僕の知っている桜良ではないような気がして、その姿を見ていられなかった。

その後僕は溢れそうになる気持ちを抑えつつ桜良と会話を続けたが、ついに耐えられなくなり、用事を思い出したと嘘をついて彼女を家まで送り届けた。

「それじゃ、また明日」

桜良の返事を待たずに、後ろを振り返ることもせずに僕は駆け出す。思い切り叫ぶ代わりに、夜の街を疾走した。

「そういえば桜良、ネロのこと忘れたっぽいよ」

桜良が姉とネロを失ったと知った日から一週間後、下校中の電車の中で僕は横山にできるだけさりげなく告げた。桜良はここ数日、体調不良を訴えて学校を欠席していた。

「え、いつ？」

「一週間くらい前に桜良と公園で話したとき。ネロのこと知らない感じだった」

「まじか。なんでもっと早く教えてくれなかったのさ。桜良がなにか失ったらすぐに教えてって言ったじゃん」

「ごめん、忘れてた」

「忘れてたって、あんたねぇ」

横山は呆れたように嘆息を漏らす。姉の舞香のことまでは話す必要はないと判断して、黙っていた。

「あたしこのあと桜良のお見舞いに行くけど、青野はどうする？」

「いや、今日はやめとく。あとで様子どうだったか教えて」

「そっか、わかった」

あれから桜良と顔を合わせるのが怖くなっていた。僕と過ごした日々も、あちこち出かけたことや話した内容も僕だけの思い出になっていくのが耐えられない。

おそらく僕や横山を失うのも時間の問題だ。タイムリミットが迫っているとわかっていながらも最近は彼女との時間が苦痛でしかない。日を追うごとに記憶を失っていく桜良を見ていると、姉の姿と重なって胸がうずく。

電車を降りると、横山はそのまま桜良の家に行くと言うので彼女とは駅で別れた。

その夜、横山からは、『いつもと変わらない様子だったよ』とメッセージが届いた。『それはよかった』と返事を送ると、『彼氏のくせに冷たすぎない?』というメッセージが怒りのスタンプとともに返ってきた。


桜良はしばらく休んだあと、七月に入ってからまた元気な姿で登校してきた。元気な姿とはいえ、それはいつもどおりという意味であって、自分の席に座るなり彼女はイヤホンを挿して授業の開始を待っている。ちなみにイヤホンは前は携帯に繋げていたが、携帯を失った今は横山の兄が昔使っていたｉＰｏｄを借りて音楽を聴いているらしい。

教室の中で桜良の席だけが、陸地から遠く離れた孤島のようにぽつんと寂しく佇んでいるように見える。もはや見慣れた光景だった。

『今日の夜、緑ヶ丘公園に来て』

昼休みに桜良に手渡された紙片にそう書かれていた。桜良は自分のつくったルールに則って学校では話しかけてこないし、思い出を増やそうと僕と横山が遊びに誘っても最近は断ってばかり。

授業中や休み時間も窓の外をぼんやりと眺め、呆けているような時間が増えていた。

それは虫喰い病の末期症状のひとつであることを僕は知っている。アルツハイマー病にも見られるもので、活気や意欲の低下、無気力状態などが現れると死期が近いとされている。

ここ最近は失うものが急激に増えていると桜良は嘆いていた。桜良が虫喰い病を発症してから、すでに二年半以上が過ぎている。末期には症状が加速する病であるため、僕はなんとも言えない焦燥感に駆られる日々を送っていた。


その日の夜。桜良に会うため、僕は足早に緑ヶ丘公園へと向かった。

夏の夜は虫の声がよく響いている。この時期は昼夜問わず虫の声が賑やかなのかもしれないが、夜の方が静かな分、園内の隅々まで響き渡っていた。

虫たちの声に耳を傾けていると、桜良がやってきた。いつもは手ぶらで来るのに、今日は珍しく鞄を手に提げている。

「ごめん、待った？」

「いや、ちょっと早く来ただけだから」

家にいるよりも、ここにいる方が落ち着くから少し早めに出てきた。なにより早く桜良に会いたいと逸る気持ちを抑えられなかった。彼女との時間は今や苦痛を伴うが、それでもやっぱり会いたかった。

「そっか。それならよかった」

「うん。ていうかその鞄、どうしたの？」

膝の上に置いたトートバッグがどうしても気になって、触れずにはいられなかった。

「やっぱ気になるよね」

「うん。だっていつもは鞄なんて持ってこないから」

そう指摘すると、桜良は観念したように鞄の中から小袋をふたつ取り出した。

「はいこれ。誕生日プレゼント」

「え？　俺、誕生日九月だよ」

「知ってるよ。でも、その日まで私が青野くんのことを覚えてる保証なんてないから、今のうちに渡しておきたくて。で、こっちは早すぎるけどクリスマスプレゼント」

桜良はもうひとつの小袋も僕に手渡す。あまりにも悲しすぎる理由に言葉が出てこなかった。

「世界一早いクリスマスプレゼントかもね」

困ったように眉尻を下げて笑う桜良。どう見ても無理して笑っているようにしか見えない。

「ありがとう」

涙は堪えられたのに、発した声は明らかに涙声になってしまった。桜良は微笑んでいるのだから、僕も笑顔で応えなきゃいけないと思った。

「開けてもいい？」

「うん、いいよ」

二ヶ月早い誕生日プレゼントを開封すると、中からふたつ折りの財布が出てくる。そろそろ財布を買い換えたいと思っていたところだったから思わず桜良を見る。

「いつだったか柑奈と三人でショッピングに行ったとき、青野くん財布欲しいって言ってたよね。だから、財布にしました」

桜良は照れたように早口で言った。

「そっか。ありがとう」

大切なことは忘れてしまうのに、どうでもいいことは覚えている桜良が愛おしかった。ほかにもっと覚えていてほしいことはたくさんあるのに。

次に、五ヶ月早いクリスマスプレゼントを開封すると、ピンク色のリボンがついた細長い瓶が出てきた。瓶の中には透明の液体と、たくさんの桜の花びらが詰まっている。

「それ、桜のハーバリウム。一応クリスマスプレゼントだから冬の花にしようと思ったんだけど、結局桜にしちゃった。中に入ってる花びら、本物なんだよ」

瓶を持ち上げて様々な角度から覗きこむ。透き通った液体の中で、桜の花びらがきらきらと輝いている。同封されていた説明書によると、保存用の特殊なオイルが入っているため、桜の花が枯れることはないらしい。

「枯れないんだ、この桜。すごいね」

「あ、でも花の色が抜けちゃうこともあるし、オイルが濁ることもあるらしいから、だいたい半年から一年が寿命なんだって。だから、もしかしたらクリスマスには色がくすんでるかもね」

私より長生きだったりして、と桜良は冗談めかして付け加える。とても笑える気分ではなかった。

「ありがとう。大切にする」

「再来月の誕生日も、クリスマスも、青野くんのこと忘れてなかったら改めてお祝いするから、そのときは今日の前祝いはなかったことでよろしく」

「なかったことにはしないよ。来年も、再来年もまたお祝いしてほしいから、できれば忘れないでほしい。来月は花火大会もあるから、ふたりで行こう」

　僕のその言葉に、つい先ほどまで笑顔だった桜良の表情が歪んだ。眉をハの字に曲げ、息を震わせる。僕に涙を見せまいと、彼女はそっぽを向いて返事をする。

「忘れないように頑張るけど、期待はしないで」

　桜良はそれっきりしばらく声を発さなかった。夜のしじまに、虫たちの合唱が再び鮮明に耳に届く。

「……ちょっとだけ、ハグしてもいい？」

「ハグ？　いいけど」

　言い終わるや否や、桜良は僕の胸に飛びこんでくる。今まで手を繋いではいたけれど彼女がこんなことをするなんて思わなくて、僕は面食らって一瞬手の置きどころに迷い、それから桜良を抱きしめ返した。

　温かな体温に、桜の花の匂いがふわりと香る。僕を抱きしめる力が次第に強くなる。

　桜良の肩が、わずかに震えていた。僕は彼女を安心させようと背中をさする。

「キスしてほしい」

　僕の胸に顔をうずめたまま、桜良が湿り声で言った。すぐには答えられず、僕は桜良を抱きしめたまま固まっていた。

普段なら照れくさくてきっとできなかったと思う。

が、意を決してそっと体を離すと、一瞬だけこちらを見上げる桜良と目が合う。彼女はすぐに瞳を閉じた。緊張からか虫たちの鳴き声が遠ざかっていき、内側から響く胸の鼓動音がうるさい。

少し躊躇ってから、僕たちは唇を重ねた。すぐに離すと、「早い」と彼女が言うのでもう一度唇を重ねる。

唇を離すと周囲の音が戻ってきた。ありがとう、と桜良がぽつりと言った。恥ずかしくて彼女の方は見られなかった。

「手、繋いでもいい？」

「うん、いいけど」

返事をすると、桜良はそっと僕の手を摑む。柔らかく、熱が籠っているその手を僕は握り返す。

桜良は手を握ったまま僕の肩に頭を預け、小さな吐息を漏らす。

しばらくの間、お互いに無言でそうしていた。

この幸せな時間が、あとどれくらい続いてくれるのか。できることならこのままずっと彼女のそばにいたい。これからもたくさん思い出を増やして、高校も一緒に卒業したい。

けれど桜良に残されている時間はきっとあとわずかなはずだ。彼女が虫喰い病を発症してから、もうすぐ三年が経とうとしているのだから。

「青野くん？　大丈夫？」

僕がしっかりしなきゃいけないのに、気づけば瞳から熱いものが零れていた。桜良が心配そうに僕を見つめている。

片方の手で涙を拭ってから、僕は桜良に微笑みかけ、立ち上がる。

「……ごめん、大丈夫だから。もう遅いし、そろそろ帰ろうか」

「……うん、そうだね」

桜良はそう返事をしたものの、立ち上がろうとはしなかった。

「桜良？」

「……もう少しだけここにいたい」

「そっか、わかった」

僕は腰を下ろして桜良の隣に座る。彼女はまた僕の肩に頭を預け、そのあとはとくに会話らしい会話は一度もなかったけれど、今この瞬間に言葉なんて必要なかった。

僕はそっと目を閉じる。

夜風が優しく吹き抜け、肌を撫でる。

木々がかさかさと揺れる。

桜が、香る。

すべてが心地よく、時間を忘れて僕たちは寄り添い合った。

どれくらいの間そうしていたかわからない。僕たちはどちらからともなく立ち上がり、手を繋いだまま公園を出る。

「じゃあまた、学校で」

終始無言で桜良を自宅まで送った。短い距離ではあったけれど、手はずっと繋いだままだった。

「……今日はありがとね。また学校で」

別れ際にそう囁いて、彼女は繋いでいた手を名残惜しそうに離して微笑んだ。

僕は彼女に手を振り返す。

彼女が去ったあとも、桜の残り香がその場に漂っていた。その柔らかい匂いと、繋いでいた手の温もりに浸りながら僕は帰路につく。

――その夜を最後に、桜良の頭の中から、青野悠人という人間が消えた。

返り咲き

「えっと……ごめんなさい。どちら様ですか？」

週明けの月曜日の夜。その日も緑ヶ丘公園のベンチに腰掛けてネロの背中を撫でていた桜良に声をかけると、彼女は怪訝そうな表情を僕に向けてそう言い放った。

足元がぐらりと傾いたような気がして、僕はその場に膝をついた。姉が僕を忘れたあの瞬間がフラッシュバックする。

「あの……大丈夫ですか？」

警戒心を露わにした目で桜良は僕に声をかける。いつかはこんな日が来るだろうとずっと覚悟はしていたのに、いざその日がやってくると動揺を隠しきれなかった。

「いや、人ちがい……でした」

そう答えるだけで精一杯だった。桜良は不思議そうに首を傾げたあと、ネロにひと声かけて公園の外へと出ていく。

僕はしばらく腰を上げることができず、しゃがみこんだまま去っていく桜良の背中を見つめていた。

桜良が去ったあと、公園のベンチに腰掛けてしばらくの間、呆然とした。数十分呆けているとネロが僕の足元にすり寄ってきて、その途端堰を切ったように涙が溢れ出て止まらなくなる。

桜良が僕を忘れるなんて想定の範囲内だし、忘れられたときの対応なんて何度も頭の中でシミュレーションしてきた。なのに、僕に降りかかった悲しみは想像を遥かに超えていた。たったひとりの姉に忘れられた挙句、恋人にまでも忘れられた自分が憐れで滑稽に思えた。

最後に公園で話したあの夜は、あんなに幸せだったのに。これからも桜良の支えになって、一緒に困難を乗り越えていきたかった。桜良の笑顔を、一番近くで見守っていたかった。

それなのにもう桜良のそばにいられないのだと思うと、胸が切り裂かれるほどの深い悲しみに襲われる。

「もしもし。桜良、俺のこと忘れたみたいだから、あとはよろしく」

「えっ？　ちょっと待っ――」

少し落ち着いた頃に横山になんとかそれだけを電話で短く伝え、通話を切った。すぐに折り返しがあったけれど、携帯の電源を切って僕はその後数日間、学校を休んだ。欠席していた数日間は家から一歩も出ず、夜の公園に行くこともなかった。公園に行けば桜良に会えたかもしれないが、会ったとしても桜良にとって僕はもう他人なのだ。

こうなってしまった以上、僕がもう彼女にしてやれることはひとつもなかった。

僕が久しぶりに外へ出たのは、夏休みが目前に迫った日曜日の朝。数日間カーテンを閉め切った暗い部屋に籠もっていたせいか強い日差しに目が眩み、慣れるまで時間がかかった。

周りにはハンディファンを持っていたり日傘を差している人ばかりで、僕だけが照りつける太陽の日差しを無防備に浴びたまま駅まで歩いた。

最寄り駅に着くと、ホームの黄色い線の上に僕は立った。ホームに到着する車両は無視して、ひたすらにこの駅を通過する快速列車を待つ。

その方が確実に死ねると思った。ここ数日間僕が考えていたことは、また以前と同じ、どうやって死ぬか。

桜良に忘れられたことを嘆いたあとは、それしか考えられなかった。

もともと僕は死ぬつもりだったのだ。そんなときに桜良が姉と同じ病を抱えていると知り、放っておけなくて一旦死ぬのをやめた。

そして、僕が死ぬのは桜良が僕を忘れたときか、桜良が亡くなったときだと決め直したのだ。

僕は前回の失敗を生かし、確実に死ねる方法を、と快速列車を選んだ。

数十分後、快速列車が通過するとのアナウンスが流れた。僕は注意を促すアナウンスに反して一歩前に踏み出す。線路の彼方に僕を死なせてくれるであろう鉄の塊が徐々に姿を現す。

迷いはなかった。桜良を失った世界に、未練はない。桜良が僕を忘れてしまった以上、僕の役目はもう終わりだ。

それに姉を死なせてしまった僕が、このまま生きていていいわけがない。

さらに一歩踏み出そうとしたとき、力強い手に腕を摑まれた。

「悠人くん、危ないよ」

黄色い線の内側まで体を引っ張られ、尻餅をつくその間に快速列車は通過していく。轟音とともに凄まじいスピードで通過していく列車を、僕は呆然と眺めることしかできなかった。

見上げると僕の腕を摑んでいたのは、藤木だった。

「もしかして、飛びこもうとしてた？　そんなわけないか」

苦笑しながら藤木は言う。僕はまた彼に怒りを覚え、けれどその怒りはすぐに収束していった。

死ななかったことに、なぜか安堵している自分がいる。一瞬死の覚悟を決めたのに。でも安堵しているということは、少なからずこの世に未練があるということだ。

それは言うまでもなく桜良のこと。彼女は僕を忘れてしまったが、僕はまだ彼女を覚えている。

姉が僕を忘れたとき、なぜ僕はそのあとも姉を支えてやらなかったのか。それを今でも後悔していた。

藤木はホームのベンチに腰掛ける。僕は少し迷ってから、ひとり分空けてそこに座った。

「……どうしていつも、俺に声をかけてくるんですか。もう姉はいないんだから、俺らまったく関係ないですよね」

前回電車の中で話したときのことをずっと謝ろうと思っていたのに、口を衝いたのはそんな言葉だった。またすぐに快速列車のアナウンスが流れたが、今はもう気勢を削がれていた。

「そうなんだけどさ。実は舞香が事故に遭った日に、舞香から連絡が来てさ。これ」

藤木はポケットから携帯を取り出して画面を僕に向けた。それは姉からのメッセージで、姉が事故に遭う三十分前の時刻だった。

『私が死んだあと、弟のことを気にかけてやってください。私は弟のことをなにひとつ覚えてないし、正直、姉失格だと思う。私のせいできっと弟は傷ついていると思うから、高校を卒業するまでの間だけでもいいから、弟のことをお願いします』

絵文字などひとつもない、シンプルなメッセージ。僕のことを忘れても、弟という言葉は消えていなかったから、忘れられてしまった憐れな弟という存在を最後まで憂いていたのだろう。

　死ぬ直前まで姉が僕のことを思っていたなんて。そんなこと、考えたこともなかった。きっとこれを藤木に送ってから姉は家を出たにちがいない。

　あの日姉とすれちがったとき、ごめんなさいと彼女は呟いていた。もしかするとあれは、僕に対するものだったのかもしれない。点と点が線になる。

「舞香さ、悠人くんのことを忘れてから、毎日悠人くんのことを僕に聞いてきたんだ。私の弟ってどんな人だった？　怒ってないかな？　っていつも気にかけてたよ。何度教えてもすぐにまた忘れちゃうんだけど、本当に毎日聞いてきたんだよ」

　僕は下唇を噛みしめて俯いた。ぎゅっと握った両の拳を膝の上に置いて、姉との日々を回顧する。

　真っ先に僕を忘れた姉に怒りを覚え、ぞんざいに接してしまった。そっちが僕を他人だと思うのなら、こっちだって同じ気持ちだと幼稚な意地を張って冷めた目で姉を見ていた。

　それでも姉は、最期まで僕のことを思ってくれていた。今だって僕の命が助かったのは、間接的ではあるけれど姉のおかげと言っても過言ではない。

「舞香は弟想いのいいお姉さんだったと思うよ。悠人くんはもしかしたら恨んでるかもしれないけど、舞香のこと、許してやってほしい」

「……恨んでなんかないですよ。恨むとしたら姉じゃなくて、病気の方です。姉はなんにも悪くないし、悪いのは姉に冷たくした俺の方ですから」

藤木の前で泣いてたまるかと膝を強くつねってみたが、堪えきれずに涙が零れてしまう。

藤木は泣き出した僕を気に留める様子もなく、さらに続ける。

「舞香のやつ、昔から悠人くんの話ばっかしてたからさ、そのときに聞いた話を舞香にしてやったんだ」

「……姉は俺のこと、なんて言ってたんですか？」

涙声になっていても、もうかまわなかった。

「生意気だけど、本当は優しいんだとか、勉強を教えたらすぐに理解できて自慢の弟、とか。あとは昔喧嘩したときにぬいぐるみをくれて嬉しかったとか。あとは……」

「あ、もういいです」

藤木にそんなことまで話していたのかと、恥ずかしくなった。それよりも、彼の話を聞いていてひとつ気になったことがあった。

「――藤木さんは知ってたんですね。姉が事故死じゃなかったこと」

姉が事故に遭う直前にあんなメッセージをもらったのなら、気づいていないはずがない。それにきっと、姉は藤木にもなんらかのメッセージを送っていると思った。

「うん、知ってた。さっき見せたメッセージのあとに、僕への感謝の言葉がたくさん送られてきたから。ていうか、悠人くんも知ってたんだ」

「……知ってました。姉の部屋に遺書があったので。親には見せませんでしたけど」

「そうだったんだ。それは知らなかったな」

　力なく言った藤木の声もわずかに震えていた。そのとき、彼の瞳からぽとりと雫が零れ落ちた。彼が姉といたときや姉の葬儀のときにも見せたことのなかった涙が、ぽろぽろと頰を伝って流れていく。

「おかしいな。なんでだろう。いつも舞香のことを思い出しても平気なのに、今日は涙が止まらないや」

　藤木は泣き顔を隠すことなく僕に向けて、泣きながら笑った。彼の涙は眩しくて、綺麗だとさえ思った。

　きっと普段は姉の話をする人がいなくて、僕と話しているうちに姉との大切な記憶が次々と蘇って涙腺が刺激されたのだろう。鼻水も垂らしてみっともないけれど、清々しい涙だった。

　僕は立ち上がって藤木に頭を下げる。

「なんか、今までいろいろとすみませんでした。最期まで姉のそばにいてくれて、ありがとうございました。姉の恋人が藤木さんでよかったです」

これまで言えなかったことと、たった今芽生えた気持ちを正直に伝えた。本音だった。姉のことを思って涙を見せた藤木に対して、唐突に感謝の言葉を伝えたくなった。

藤木も早く姉に忘れられてしまえばいいと願っていたあの頃の幼稚な僕は、今はもうどこにもいない。

「いや、こっちこそいろいろごめん。避けられてるとは思ってたけど、舞香に悠人くんを頼まれてたから、どうしても放っておけなくて」

僕はもう一度藤木に頭を下げて踵を返す。

ふと思い立って、数歩進んだところで振り返る。

「あの、もし藤木さんも姉に忘れられてたら、どうしてました?」

藤木ならどうするのだろう、と唐突に気になった。姉を支えていた頃の藤木と今の僕は、同じ立場なのだ。桜良に忘れられてしまったとはいえ、僕にできることはまだあるはずだと思った。彼は迷うことなく即答する。

「それまでと変わらずに舞香を支えると思う。君の彼氏だったたって。疑われても、一緒に撮った写真とかあるしね。……それか普通に友達として接するパターンもあるかな。陰で支えるとかね。どちらにしても舞香を好きな気持ちは変わらなかったと思うよ」

どこまでもむかつくほどいいやつで、そこが昔から嫌いだった。でも、改めて姉の彼氏が藤木でよかったと心の底から思った。

「そうですか。ありがとうございました」

そう言い残して、僕はホームを出て来た道を戻る。

気持ちが少し晴れ、せめて死ぬのは桜良の死を見届けてからにしようと、そう決意した。


翌日、夏休みは目前に迫っていたが、僕は一週間ぶりに登校した。

桜良は登校してくると誰とも言葉を交わさず、視線も合わさずに自分の席に座り、すかさずイヤホンを挿した。相変わらず一瞬の隙もない。

僕が桜良に声をかけたのは放課後になってからで、彼女が横山と合流したタイミングだった。

「あの、俺も一緒に帰っていい？」

恐るおそる、ふたりの背中に問いかける。彼女らは同時に振り返った。

「あっ……青野」

先に声を発したのは横山だ。彼女は明らかに動揺している様子で、ちらちらと桜良の顔色を窺っている。

桜良は僕を一瞥したあと、横山に視線を向ける。

「柑奈の友達？」

「えっと、まあそうなんだけど……ごめん桜良。校門のところで待ってて」

横山は桜良にそう告げると、僕の腕を引っ張って空き教室へ入っていく。

「青野、これからどうするつもりなの？」

彼女は僕を憐れむような目で見て、そう聞いた。

「どうするって、これまでどおり接するつもりだけど」

「それが難しいってことくらい、青野にはわかるでしょ。その……お姉さんがそうだったんだから」

「やってみないとわからないから、とりあえず桜良の恋人だったたって話して、理解してもらうしかない」

「いや、でも……」

横山は思案顔のまま口ごもる。彼女が心配している理由はなんとなくわかっていた。

「あなたに忘れられた恋人ですって名乗るの？　そんなこと言われたら桜良、自分のせいでまた人を傷つけたってショック受けるだろうし、桜良は青野の記憶を保てないから、つまりあの子は毎日ショックを受けるってことだよ。青野には悪いけど、桜良のことはもう忘れた方がいいと思う」

横山の性格なら、きっと僕の味方をしてくれると思っていた。桜良の恋人だった青野だよ、と率先して紹介してくれると。けれど優先すべきは僕の気持ちではなく、桜良に負担をかけないことだった。それは僕も理解はできる。横山が僕より先に桜良に忘れられていたら、僕もそうしていたかもしれない。

　けれど僕は、引き下がれなかった。

「横山の言ってることはわかるよ。なるべく桜良の負担にならないように接してみるから、協力してほしい」

　頭を下げると、逡巡しているのかすぐに返事はなかった。

　顔を上げたら横山はこめかみの辺りを押さえていて、心苦しそうに僕を見ていた。

「……わかった。とりあえず、今日は三人で帰ろう」

　諦めたようにため息をついて、横山は教室を出ていく。僕は彼女を追って校門で待っているであろう桜良のもとへ向かう。

「お待たせ、桜良。帰ろう」

　横山が桜良に声をかける。桜良は横山に笑みを向けたあと、今度は無表情で僕を見る。

「えっと、桜良と同じクラスで、仲の良かった青野っていうんだけど、桜良の病気のことは知ってて……」

　桜良を傷つけないように、今は無難にそう名乗っておいた。桜良の無表情が途端に曇る。

「あっ……そうなんですね。ごめんなさい。私、忘れちゃったみたいで……」

「あ、いや。全然大丈夫だから、気にしないで」

そうは言ったものの、桜良に他人行儀に扱われると胸がちくちくと痛む。

三人での下校は以前に比べると静かで、桜良も横山も僕に気を遣っているのか口数が少なかった。

仲が良かったと言われても桜良にとっては初対面なわけだし、警戒されるのも無理はない。そこは横山の持ち前の明るさでなんとかしてほしいところだが、彼女もこの慣れない状況に萎縮しているのかおとなしかった。

そのまま会話が一度も弾むことなく、彼女らとはいつもの駅で別れた。

桜良に忘れられようが最期まで支えると決意したのに、早くも心が折れそうだった。藤木ならきっと僕よりもうまく対応できるのだろうな、とさらに落ちこむ。

ポケットの中の携帯が振動して見てみると、横山からメッセージが届いていた。一旦ブレーキを握って自転車を止める。

『桜良、やっぱりショックだったみたい。申し訳なくて辛かったって。青野の気持ちもわかるけど、桜良のことはそっとしといてあげてくれないかな』

そのメッセージは見なかったことにして、携帯をポケットにしまった。

その後も僕は懲りずに毎日桜良に声をかけ続けたが、桜良の反応は変わらなかった。ただのクラスメイトで仲は良くなかったと告げてみたり、横山の元カレです、と試しに名乗ったりしてみたが、効果はなかった。

桜良にとって関係の薄い男だと主張すれば彼女の受けるショックも軽く済むと考えたが、それでも顔見知りだった人を忘れてしまったと桜良は嘆いた。何度も僕に頭を下げる桜良を見続けるのは、そろそろ僕も耐えられなくなってきた。

それを見かねた横山に、「桜良のことはあたしに任せてって言ってるでしょ」と再び釘を刺された。僕も反論はしたが、口喧嘩では横山に勝てなかった。


夏休みに入り、連日の猛暑が落ち着いて暑さが小休止となった日曜日の午後。僕はその日、クラスの連中とショッピングモールに遊びに来ていた。最上階には映画館があり、今話題のファンタジー映画を観にいこうと誘われたのだった。

談笑しながら映画の時間までフロアを徘徊していると、「あれ古河じゃね？」と友人のひとりが半笑いで口にした。振り返ると、ファストフード店のそばのベンチに腰掛ける桜良の姿があった。

「あいつひとりでなにやってんだろ。本当に友達いないんだな」

友人たちはけらけら笑いながら先を歩いていく。僕は適当に受け流しながらしきりに背後を振り返り、桜良の様子を観察する。家族か、もしくは横山と来ているのだろうか。しかし彼女の周りにそれらしき人の姿はなかった。

ゲームセンターに立ち寄って時間を潰し、それからエレベーターに乗って映画館へと向かった。

「ごめん！　忘れものしたっぽいからちょっと捜してくる」

ポップコーンやドリンクを買おうと列に並んでいるとき、どうしても桜良が気になって僕は列を抜けた。姉に忘れられてしまったとき、姉とすれちがっても僕は見て見ぬふりをしてしまった。でも、今の僕はそんなことはもうしない。

「忘れもの？　もうすぐ始まるから急げよ」

「うん、悪い。先に行っててていいから」

両手を合わせて謝罪のポーズを取ったあと、エレベーターに乗って一階へ降りる。上映時間まではあと十五分ほどしかない。桜良の姿がなければ諦めてすぐに戻るつもりだった。

「……まだいる」

エレベーターを降りると、数十分前に見かけたベンチにまだ桜良がひとりで座っていた。彼女は腕時計を気にして、首を巡らせて周囲に視線を走らせている。一緒に来た人とはぐれてしまったのか、それとも待ち合わせているのか。

数分待っても彼女は動かないので、僕は一度深呼吸してから桜良に声をかけた。

「あれ、古河じゃん。なにしてんの？　同じ中学だった青野だけど、覚えてる？」

今日は同じ中学出身の友人を演じた。桜良は高校には友達がいないので、同じ中学だったと告げると彼女の警戒心も少しは和らぐのではないかと思ったのだ。桜良は一瞬身を強張らせたが、すぐに頬を緩めた。

「あ……久しぶりだね。ちょっと友達を待ってて」

戸惑いつつも話を合わせてくれる桜良。きっと頭の中では誰だっけ、と記憶の糸を手繰っているにちがいない。

「もしかして横山？　ふたり仲良かったもんな。何時に待ち合わせてたの？」

「うん。一時に待ち合わせてたんだけど」

横山の名前を出したことで彼女の警戒心が和らいだ気がした。横山の友達だとわかり、ほっとしたのかもしれない。

時刻は午後一時四十分。横山のことだから寝坊しているのか、もしくは単純に忘れているだけなのか。桜良は携帯を失ったので、代わりに横山に電話をかけた。

「……だめだ、出ない。ていうか、なんで一緒に来なかったの？」

「実は来週柑奈の誕生日なの。遊ぶ前にこっそりプレゼントを買いにきたんだけど、こんなことならやっぱり一緒に来ればよかった。あ、今のは柑奈には内緒で」

「それはもちろん。でもこれだけ待っても来ないなら、今日はもう来ないんじゃない？」

もう少しだけ待ってみる、と桜良は腕時計に目を落として言った。

「そっか。来るといいね」

うん、と桜良は小さく頷く。そのとき携帯が鳴ったが、横山からではなかった。

『なにしてんだよ、青野。そろそろ映画始まるぞ！』

行かなくては、と思いつつも桜良をここにひとりで残していいのだろうか、と逡巡する。

迷った挙句、『ごめん、急用ができたから今日は帰るわ』と返信して桜良の隣に腰掛けた。すでに映画が始まったのか、返信はなかった。

「俺もここで横山を待ってもいい？」

桜良は目を丸くして僕を見る。その目にはわずかに戸惑いの色が窺えた。

「えっと……大丈夫なの？　時間とか」

「ちょうど暇してたから大丈夫。それより横山となにするつもりだったの？」

チケット代が無駄になってしまったけれど、そんなことはどうだっていい。

「買いものしてから映画を観る予定だったけど、間に合うかな……」

「何時の映画？」

「あと三十分くらいで始まっちゃう」

詳しく話を聞いてみると、どうやらふたりは夏服を買ってから恋愛映画を観る予定だったらしい。　携帯を確認してみてもまだ横山からの返事はない。

なにげない会話をしつつ、『桜良ひとりで待ってるんだけど、なにしてんの？』とメッセージを送って横山の到着を待った。

「あ、電話かかってきた」

横山から連絡があったのは、ふたりが観る予定だった映画が始まる五分前のこと。出ると、携帯越しに横山のでかい声が耳に突き刺さった。

「青野？　ごめん電車の中で携帯なくして今見つかったとこ。今から向かったら一時間以上かかるから、桜良のことお願い」

涙声で横山は捲し立てる。桜良に事情を説明すると、「無事ならよかった」と怒るよりも安堵していた。

桜良めちゃくちゃ怒ってる、と横山に嘘を告げると、ごめーんと苦しげな声が聞こえてきた。

「映画は間に合わないけど、待ってるねって柑奈に伝えてくれる？」

「わかった」

横山に伝えて電話を切る。一時間以上かかると横山は言っていたので、ふとした思いつきで桜良に提案してみる。

「よかったら、その観る予定だった映画、一緒に観ない？」

えっ、と桜良はまた腕時計を確認する。でも、と困惑の声を漏らす。

「もう始まってるかも。それに柑奈を待たせちゃうかもだし」

「まだ予告が流れてると思うから急げば間に合うんじゃないかな。横山ならちょっとくらい待たせても平気だって。一応連絡は入れとくから」

桜良の手を取り、エレベーターへと走る。横山にメッセージを送ると、『まだ交番で手続きしてるからそうしてもらえると助かる』と返事が届いた。

桜良にメッセージを見せると、「じゃあ映画観ようか」と納得してくれてすぐにチケットを購入して館内へと向かった。

席に着くとまだ予告が流れていて間に合った。落ち着く間もなく館内は暗転し、本編が始まる。

人気の映画なのか前方の座席しか空いておらず、前から三列目で観る羽目になった。まったく予備知識がなかったせいか、映画の終盤で思わず涙してしまった。悲恋ものので、最後にはヒロインが亡くなってしまう。隣の桜良も声を殺して泣いている気配が伝わってくる。

エンドロールが流れると、唐突に寂しさに襲われた。映画はすばらしかったけれど、僕の記憶を保てない桜良はきっと明日になれば誰と映画を観たのか忘れてしまう。映画を観た記憶は残るけれど、今隣にいる僕の存在は彼女の記憶から消える。もしかすると明日ではなく、数時間後には消えているかもしれない。そう思うと悲しくなった。

エンドロールが終わって館内が明転しても、僕は立ち上がれなかった。

「大丈夫？　そんなに感動したの？」

観客が続々と退場していく中、僕は座席に座ったまま両手でまぶたを押さえて泣き続けた。映画に感動したと言い訳をして、この時間も失われることと、桜良に忘れられた痛みを思い出して静かに泣いた。

「たしかにめちゃくちゃ感動したよね。柑奈だったらもっと泣いてたかも」

桜良は狼狽しながら必死に僕をフォローしてくれる。早く泣きやみたいのに、歯を食いしばっても涙は止まってくれなかった。

「ごめん。ほら、俺中学のときから涙脆かったでしょ？　卒業式なんかとくに」

記憶にない出来事をでっちあげて、なんとか取り繕うので精一杯。

そうだったね、と桜良は僕の話に合わせてくれて、余計に虚しくなった。

その後ようやく館内を出ると、横山が映画を観てもいないのにポップコーンを食べながら近くのベンチで僕たちを待っていた。

「桜良ごめんー」と横山は桜良に謝罪をする。

「じゃあ、俺はこれで」

「青野ありがと。助かったよ」

横山に片手を上げて応え、僕は足早にその場を去る。これ以上桜良に情けないところは見られたくなかった。

「あれ、青野じゃん。お前どこ行ってたんだよ。映画死ぬほど面白かったぞ」

エレベーターを降りると、ちょうどファストフード店から出てきたクラスメイトたちと鉢合わせた。

「ごめん、ちょうど用事が終わって今戻ってきたところだったんだ」

今日の僕は、いつになく噓つきだと自分で言いながら笑えてくる。

たくさん泣いてすっきりしたせいか、帰る頃には心は晴れやかだった。


これまでは学校に行けば桜良に会えたが、夏休みの間は夜の公園に来てくれるのを待つしかない。

しかし桜良は僕を失ってからは一度も夜の公園に姿を現さなかった。横山は僕が桜良と会うことに否定的なため、彼女の協力も得られない。

毎日のように夜の散歩に出かけ、ようやく桜良に会えたのは、夏休みに入ってから一週間が過ぎた頃。

　今日もいないだろうなと、コンビニで買ったコーラを飲みながら公園の前を横切ったとき、屋根つきのベンチに人影が見えた。方向転換し、公園内に足を踏み入れる。ベンチに座っていた桜良と一瞬目が合ったが、すぐに逸らされてしまった。その仕草は僕と仲良くなる前の冷たかった頃の桜良を思い出させ、懐かしさと寂しさを感じる。

「初めまして。ここ、座ってもいいですか？」

　今日はどういうキャラで声をかけようか迷って、他人のふりをすることにした。そうすれば桜良が傷つくことはない。

「あ、はい。どうぞ」

　僕の方を見ずに、よそよそしく彼女は答えた。怪しい男だと思われたかもしれない。黙っていると彼女が帰ってしまいそうな気がして、僕はベンチに座るなり口を開く。

「実はいつもこの辺を散歩してて、時々あなたを見かけることがあって。ここの公園、好きなんですか？」

　なるべく怪しまれないように、柔らかい口調で白々しく訊ねる。桜良は警戒しながらも僕の問いに答えてくれる。

「あ、はい。ここ、子どもの頃からよく遊んでて。最近は……なんていうか、呼吸をしにここへ来てます」

「呼吸をしに？」

「はい。夜になると押し潰されてしまいそうで、自分の部屋にいると息苦しいっていうか、外の空気を吸いたくなるんです。それで、いつもここに来てます」

なるほど、と頷いて深呼吸をしてみる。「どうですか？」と桜良は僕に聞いた。

「おいしいです」と答えると、桜良は口元を押さえて笑ってくれた。彼女の自然な笑顔を見たのは、最後にここでふたりで話した夜以来のことだった。

「味じゃなくて、心が落ち着きませんかって意味だったんですけど」

「あ、たしかに落ち着くかも。もう一回やってみます」

大袈裟に深呼吸を繰り返すと、桜良はまた小さく笑う。けれど僕は彼女とは対照的に、どうしようもなく泣きたくなった。

僕を忘れた桜良と話していると、ふたりで話した会話の内容も、大切な思い出も全部、僕だけのものになってしまったのだと実感して胸が苦しくなる。自分でそうしておきながら、桜良の前で他人を演じなきゃいけないこの現実から逃げ出したくなった。

「……そのネックレス、素敵ですね」

沈黙が続いて、なにか話さなくてはと焦った僕は、ふと目に留まった桜貝のネックレスを指さした。僕がプレゼントしたネックレスを、彼女はまだ着けてくれていた。

「ああ、これですか。えっと……誰にもらったものかは忘れちゃったんですけど、私の大切なものなんです。……変ですよね、誰にもらったか忘れちゃうなんて」

桜良の悲しげな表情を見て、姉の言葉がふと蘇る。仲直りの印としてプレゼントしたテディベア。もうボロボロだから捨てたらと告げると、今の桜良と同じことを姉も言ったのだ。

そのときのことと重なり、じんわりと目頭が熱くなった。

「ネックレスなら、もしかして恋人にもらったもの……とか？」

半分やけくそ気味で訊ねた。思い出せるはずがないとしても、気づいてほしかった。どうでしょう、と桜良は曖昧に答える。僕は手に持っていたコーラを一気に呷り、渇いた喉を湿らせる。

「あの……私、そろそろ帰ります」

桜良は立ち上がると、僕に軽く会釈をして歩いていく。もう僕の知る桜良はどこにもいないのだと、改めて強く思い知らされた。

「俺も！　好きな人がいたんですけど……今はもういなくて……」

桜良を呼び止めるように声を張り上げるが、その声は徐々に小さくなっていった。

彼女は僕に背を向けたまま立ち止まる。

「あ、いないというか、実はちょっとした病気に苦しんでて……。その子が死んじゃったら、俺も死のうって考えてて……」

桜良は驚いたように僕を振り返る。見ず知らずの男に突然そんな話をされたら驚くのも無理はなかった。

こんなことを桜良に打ち明けて、僕はなにを期待しているのだろう。止めてほしかったのか、怒ってほしかったのか、自分でもわからない。去っていく桜良を引き留めようと、思わず口を衝いた言葉がそれだった。

「よくわからないけど、その人が死んだら自分も死ぬなんて、その人も望んでないと思います。私だったら、私の分まで生きてほしいです」

僕の知っている桜良なら、そう言うだろうと思っていた。きっと彼女は自分に置き換えて話しているにちがいなかった。

「いいんです。俺、もともと死ぬつもりだったから。いろいろあって毎日が憂鬱で、そんなときに偶然その子と知り合って、もう少しだけ生きてみようかなって思っただけなんで」

「……私がこんなこと言える立場ではないんですけど、どんなに辛くても生きるべきです。そのくらいで死ぬなんて、よくないと思います。その彼女さん？　もそう思ってますよ、絶対に」

そのくらいで死ぬなんて、と言った桜良の言葉がちくりと胸を刺す。他人にとってはそのくらいのことでも、僕にとっては死を決意するほど重大なことなのだ。人が死にたいと思う理由なんて、きっと他人には些細なことで、一生理解できないものだと思う。理解してほしくもない。

「……そうですね。すみません、忘れてください」

「あ、ちょっと！」

そのまま僕は彼女に背を向けて公園を出る。これ以上話していると、涙を堪えられそうになかった。どうせ今話したことも明日には忘れているだろうけど、桜良を責めているようで良心が痛んだ。

藤木に励まされて桜良を支えようと決意したのに、やっぱり僕には無理かもしれない、と弱気になった。


それからさらに一週間、僕は毎晩のように散歩に出かけた。緑ヶ丘公園に桜良がいる日もあれば、いない日もあった。

でも桜良がいても、僕はもう声をかけることができなかった。ただ公園の中を横切るだけで、素通りして彼女の様子だけ窺う。

ひとりでぼうっとしていたり、ネロを撫でていたりと、僕のことを忘れても当然だけれど桜良は桜良だった。

言葉を交わせなくても、桜良を遠くから見守るだけでよかった。

八月中旬に行われた花火大会に、僕はクラスメイトに誘われて数人で会場へ行った。昨年は桜良が熱中症で倒れ、今年こそは一緒に見ようと約束したけれど、結局叶わなかった。

会場で横山と一緒に来ていた桜良とすれちがったが、僕はまた他人のふりをしてやり過ごした。

色鮮やかな花火が何発も打ち上がったけれど、どうしてか僕にはモノクロに見える。桜良に忘れられた日から、なにを目にしても色褪せて見えてしまうのだ。

ここにいる人たちはきっと、この一瞬光って消えるだけの泡沫《うたかた》の花火なんて、そのうち忘れるのだろう。ここへ来る途中で話した内容も、着ていた服の色も、数日も経てば忘れてしまう。

ドイツの心理学者であるヘルマン・エビングハウスの研究によると、人は記憶したことの七十パーセントを二十四時間後には忘却してしまうのだという。いつか本で読んだことがあった。

僕だって同じだ。桜良と過ごした日々も、交わした言葉も、覚えていないことの方が多い。昨年一緒に観た映画の内容も断片的にしか思い出せない。

人間は忘れる生きものであると、誰かが言っていた。だから桜良の病気は特別なんかじゃない。ほんの少し、僕らよりも忘れやすいだけなのかもしれない。

ただそれだけのちがいなんだと自分に言い聞かせる。今目の前で起きている一瞬一瞬の記憶を、大事にして生きていけばいい。

忘れることは普通のことなのだと、悔しいけれどそう思いこんで自分を納得させるしかなかった。

桜良は今、この花火を見てなにを思っているんだろう。本当は僕と見るはずだったことも知らずに、ただ純粋に楽しんでいるのだろうか。

次第に花火の光が滲んでいく。

「え、青野なんで泣いてんだよ！　花火見て泣くやつ初めて見た！」

その声で我に返る。彼に指摘されるまで、自分が泣いていたことに気づかなかった。

花火はまだ打ち上がっていたが、クラスメイトたちは花火よりも僕に視線を向けてけらけら笑った。

「たしかに泣くほど綺麗だもんな」

一緒に来ていた矢島くんのフォローもあったが、ほかの友人たちは僕を小馬鹿にして、また花火に視線を戻した。

その隙に僕は離脱し、涙を拭いながら会場をあとにした。

夏休み明けの初日、桜良は欠席した。横山の話によると、桜良は八月の下旬に体調を崩し、現在は入院しているらしい。

担任がホームルームで桜良が体調不良で入院したとさらっと告げると、少しの間教室はざわついたが、すぐに別の話題に切り替わって桜良の話はそれで終わった。

放課後に僕はひとりで桜良が入院している病院へ向かった。どこの病院にいるかわからなかったけれど、おそらく桜良の通院先だろうと思って横山には言わずにひとりでやってきた。

受付で桜良の病室を聞こうと歩いていくと、その前に背後から肩を叩かれる。

「青野。あんたこんなとこでなにしてんの？」

振り返ると横山の顔があった。彼女は僕を睨みつけるように見て、じっと返答を待っている。

「えっと……ちょっと風邪気味で」

「ここ、脳神経内科だけど」

「あ、場所まちがえた」

苦し紛れに告げると、横山は深いため息をつく。後ろに患者が並んでいたので、横山は僕の腕を引っ張って壁際まで移動する。

「桜良のお見舞いに来たんでしょ。言っておくけど、受付で聞いても桜良の病室教えてくれないと思うよ」

「……わかってるよ、それくらい」

教えてもらえなかったら、とんでもなく時間がかかるけれどひと部屋ずつ探して回ろうと思っていた。

「前にも言ったけどさ、桜良のことはもう忘れな。それがあの子のためだと思ってさ」

「……でも」

「桜良のことを本当に好きなんだったらそうするのが一番だよ。あたしならそうする」

なにも言い返せずにいると、横山はさらに言い募る。

「それに青野さ、大学受験とか大丈夫なの？　夏期講習にも参加してなかったじゃん」

受験のことは一切考えていなかった。進路希望調査の用紙には適当な大学名を書いただけで、進学するつもりは毛頭なかった。

「桜良のことよりも、もう少し自分のことを考えた方がいいよ」

横山は僕の肩をぽんと叩いてちょうど降りてきたエレベーターに乗った。彼女の忠告を無視して階段を上って追いかけようと思ったが、彼女の言葉が胸に刺さり、足が動いてくれなかった。

「このクラスの中にギター弾ける人いない？」

残暑がいくらか落ち着いてきた頃。ホームルームの時間で文化祭のだしものが決まったあと、工藤が手を挙げて発言した。

「私と奈緒のふたりでステージで歌おうと思ってるんだけど、誰かいない？」

どうやら工藤は今年も懲りずに取り巻きのひとりと有志でステージに立つつもりらしい。

しかし手を挙げる者はおらず、静まり返った教室内に工藤の舌打ちだけが響いた。

この日も桜良の席は空席のまま。彼女は夏休みが明けてから一度も登校していない。それどころかいつ退院できるかもわからないらしく、横山も元気がなかった。彼女の話では桜良のお見舞いに行っても最近は眠っている時間が多く、話せない日が続いているそうだ。

その後帰宅した僕は、勉強机に飾ってある桜のハーバリウムを手に取って眺めた。桜良が僕のクリスマスプレゼントとして贈ってくれたものだ。

クリスマスを迎える前に僕のことを忘れたら困るからと、彼女はそう懸念してプレゼントを用意してくれた。

細長いガラスの瓶の中に、春が詰まっている感じがして美しい。ハーバリウムの寿命は半年から一年程度らしく、もしかすると本当に桜良はその前にこの世を去ってしまうのではないかと不安になる。

やっぱりもう一度桜良に会いたい。このままだと姉のときと同じように僕は後悔する。忘れられたとしても、まだ僕になにかできることはないだろうか。

何時間考えてみても、なにか妙案が浮かぶことはなかった。


数日後。僕はまたいつものように夜の散歩に出かけた。この時期は涼しくて散歩のしがいがある。心地いい風を全身で浴びて、思索に耽りながら一歩一歩進んでいく。

桜良がいないとわかっていても、僕は緑ヶ丘公園に向かって歩いていた。

やがて公園が見えてくる。屋根つきのベンチにふと視線を送ると、人影が見えた。

園内に入り、さりげなくベンチを横切るとすすり泣く声が聞こえて足を止める。

そこに座っていたのは横山だった。彼女は顔を伏せて涙を流していた。

「あれ、横山じゃん。なにしてんの？」

僕の問いかけに彼女は驚いたように顔を上げる。そして涙に濡れた瞳をこちらに向ける。

「桜良……あたしのこと……忘れたんだって」

彼女は絞り出すように声を発した。大粒の涙をぼろぼろ零し、肩を震わせて泣きじゃくっていた。

「今日の放課後、お見舞いに行ったら……どちら様ですかって」

横山はしゃくり上げながら自分の身に起こった悲劇を語る。僕は慰めの言葉も浮かばずに、ただ彼女の話を黙って聞いていた。

「いつかは忘れられるんだろうなとは思ってたけど、やっぱ辛すぎる」

「……わかるよ、その気持ち」

やっとのことでそう言ったが、横山は僕を睨みつけるように見上げた。

「あたしはね、小学生の頃から桜良と親友なんだよ。最近知り合った程度の青野に、なにがわかるのよ！」

横山は声を荒らげてひと息に捲し立てる。僕がなにも言い返せずにいると、はっとなにかを思い出したように彼女の表情は曇る。

「……ごめん」

「いいよ、気にしてないから」

横山が言い終わる前に言葉を被せる。僕は一応桜良の恋人だし、それに僕が姉にも忘れられたことも思い出したのだろう。

そのときネロがベンチの下から姿を現し、横山を慰めるようにひと鳴きした。

「うわっ。驚かせないでよ、ネロ。あんたも桜良に忘れられちゃったんだもんね。悲しいね」

彼女はネロをひょいと抱き上げ、ぎゅっと胸に抱いた。ネロは窮屈そうに体をよじって、横山の腕からベンチの上に移動し、大きな欠伸をしてから居眠りを始める。

それから横山は、めそめそしたまま桜良との思い出を語り始めた。

小学生の頃からふたりは親友で、史香という友達も含めて三人はいつも一緒だったという。桜良は友達思いの優しい子で、いじめられている児童がいたら男子が相手でも怯まずに立ち向かっていったらしい。

中学に入ると三人はバレー部に入部し、一年生の大会では準優勝。二年になって三年生が引退すると、桜良がキャプテンを務め、横山と史香のふたりが副キャプテンに任命されたそうだ。

三年の最後の大会では横山がミスをして負けたが、そんな彼女を責める人はいなかった。中学のバレー部のメンバーは皆仲良しで、今でもたまに集まっていると横山は話した。

最近になって横山と史香のふたりを失った桜良は、きっとふたりと過ごした青春の日々も失ってしまったのだろう。もしかするとほかのバレー部のメンバーも何人か失っているかもしれない。

そこまで泣きながら話したところで、彼女は「あーあ!」と声を張り上げた。

「大切な人に忘れられるのって、こんなに辛いんだね。青野、今までごめんね」

泣いてすっきりしたのか、声のトーンが少し上がっていた。

「いいよ、べつに。横山はこれからどうするの？」

「どうしようね。桜良に会いに行っても、あたしのことわかんないならどうしようもないよね」

横山の声の調子はまた落ちこみ、不貞腐れたように唇を尖らせる。

「俺はもう一度桜良に会いたい。桜良の病室、教えてくれない？」

「……考えとく。あたしそろそろ帰る。またね」

「……うん」

横山の寂しげな背中を見送ってから僕も公園を出る。これからどうしようと、再び思い悩みながら夜道を歩き始めた。


「古河のことで皆に話がある」

翌週のホームルームの時間に担任が神妙な面持ちでそう切り出した。文化祭間近で浮ついていた教室内が途端に静まり返る。

「実は昨日、古河のご両親が先生のところに来てな。古河、休学することになったそうだ。まあ早い話、留年ってことだな。しばらくは治療に専念することになる」

担任は低い声で言ったあと、手に持っていた色紙を掲げた。

「皆で寄せ書きをしないか。一緒に卒業できなくても、古河はこのクラスの一員だからな」

　声を上げる者はいなかった。このクラスの中に桜良を友達だと思っている人は僕以外にひとりもいないのだから、当然と言えるかもしれない。

「じゃあ、山田《やまだ》から順番に書いて、後ろの人に回して」

　担任は生徒たちの沈黙を肯定と捉えたのか、廊下側の一番前の席の山田に色紙を渡した。

　私、書きたくないんだけど、と言う工藤の声が遠くの席から聞こえてくる。色紙を受け取った生徒は、それを雑に扱って深く考える様子もなくペンを走らせ、書き終えると流れ作業のように後ろの席へと回していく。

　やがて色紙が僕の手元に来たときにはすでにほとんどの生徒が書いていたが、ひと言で済ませる者だらけで、色紙は空白部分が目立っていた。

　僕はひとりひとりの言葉に目を通していく。

『頑張ってください』

『お疲れさまでした』

『お元気で』

『早く治るといいですね』

『さようなら』

他人行儀な言葉の数々に苛立ちが募る。とくに工藤が残した『さようなら』のひと言を見て、僕は失望した。

こんな寄せ書きなら、渡さない方がいい。桜良がここに書かれた言葉を読んで喜ぶはずがない。桜良がどんな気持ちでこの教室で過ごしてきたのか知らないくせに。そう思うと悔しくて手に力が入り、色紙を半分に折ってしまった。

「おい、なにやってんだ青野！」

担任が僕の席にやってきて色紙を奪う。あちこちで失笑が飛び交う中、僕は怒りを抑えて担任に告げる。

「先生。古河さんの病気のこと、皆に話してください」

「いや、それはだな。……青野、お前知ってたのか」

「ちゃんと説明した方がいいと思います。このまま誤解されたままなんて、かわいそうじゃないですか」

担任は難しい顔をして黙りこむ。これ以上説得しても無駄だと悟った。

「だったら、俺が言います」

席を立つと、生徒たちが一斉に僕に視線を向ける。ひと呼吸置いてから、僕は静かに口を開く。

「古河さんは……桜良は虫喰い病という病気と闘っています。簡単に説明すると、毎日記憶が失われていく病気です。ある日チョークを忘れて黒板の前で固まったり、またある日には傘を忘れてずぶ濡れで登校してきたり。さらには音符を失って、ピアノを前にしても弾くことができなくなったり」

なにかを思い出したように、生徒たちはざわつき始める。桜良は病気のことを隠したいと話していたが、なにも知られずに桜良を小馬鹿にされたままでは僕が我慢ならなかった。

「ものだけじゃなく、人の名前や顔もわからなくなるから、桜良は友達をつくろうとはしませんでした。友達のことを忘れて、傷つけてしまうのが申し訳ない……と」

声が震えそうになって、そこで一旦言葉を止める。生徒たちは混乱している様子で、携帯で病名を調べている人もいた。

命に関わる病であると知った生徒が、「え、死んじゃうの？」とぼそりと言った。遠くの席の工藤は、伏し目がちに僕の話を聞いている。

「桜良に冷たくされたと思っている人もいるかもしれないけど、桜良の気持ちを理解してあげてほしいです。あいつ、本当は皆と仲良くしたいって言ってたし、誰よりも友達思いだからこそ、皆と距離を置くことにしたんだと思う。だから、もし桜良が戻ってきたら、仲良くしてほしいです」

机にぶつかるくらいの勢いで頭を下げる。今まで冷たくされてきたクラスメイトに優しくしろと言われても、無理なのはわかっている。それに、きっと桜良が戻ってくることもない。でも、僕が桜良にできることといえば、桜良が与えてしまった誤解を解くことしか思いつかなかった。

そこまで話したところでチャイムが鳴り、数人の生徒が教室を出ていったが、大半は自分の席に座ったまま固まっていた。クラスメイトが死に至る病を抱えていると知って、ショックを受けているのかもしれない。

「青野、本当なの？　今の話」

その低い声に顔を上げると、工藤が僕の席の前に立っていて、訝しむような目でこちらを見ていた。

「うん、本当だよ。去年のピアノの件、あれはわざとやったわけじゃないから、許してやってほしい」

工藤はばつが悪そうな顔でなにか口を開きかけたが、そのままなにも言わずに自分の席へ戻っていった。

その日は一日中、クラスの空気が重たかった。

「青野、ちょっといい？」

週明けの月曜日。放課後に教室を出ようとするとクラスの女子三人組に呼び止められた。昨年の夏休みに海で桜良と会話をしていたやつらだ。

「なに？」

「これ、去年海に行ったメンバーの分しかないけど、よかったら古河さんに渡してくれないかな」

彼女が鞄の中から取り出したそれを受け取る。ミニサイズの色紙に、何人かの生徒による桜良へのメッセージが綴られていた。どうやらコンパクトにまとめた寄せ書きらしかった。

「皆で話し合って、古河さんになにかできないかなって考えたの。それでせめて一緒に海に行ったメンバーだけでもいいから古河さんにメッセージを送ろうってなって。それと、これも古河さんに」

彼女はさらに、小さな紙袋を僕に手渡した。中には桜の刺繍が施された薄ピンク色の小さなお守りが入っていた。

「これ……」

「それね、工藤さんの手づくりなんだよ。工藤さん、文化祭のときのこと気にしてるみたいで、この寄せ書き書こうって提案してくれたのも工藤さんなの」

手づくりとは思えないほどの出来栄えで、工藤の意外な特技に舌を巻く。ちらりと工藤の席に視線を向けると、一瞬目が合った。しかしすぐに逸らされ、工藤は足早に教室を出ていった。

「お守りの中、開けてみて」

中を開封してみると、数枚の桜の花びらが入っていた。

「これ、本物の桜?」

「本物だよ。子福桜《こぶくざくら》っていう秋に咲く桜なんだけど、工藤さんが新幹線に乗って探してきてくれたの。縁起がいいからって。ほら、古河さんいつもピンク色の貝殻と桜のネックレスしてるでしょ? 名前も桜良だし。だから桜がいいんじゃないかって皆で話したの」

桜良のためにそこまでしてくれたのかと胸が熱くなった。もしかすると工藤は、今まで桜良にしてきたことに対して責任を感じたのだろうか。

皆が桜良の一面しか知らなかったように、僕も工藤のことを理解していなかったのかもしれない。彼女にも少しはいいところもあったのだなと、しっかりと反省できる彼女に感心した。

「子福桜の花言葉は『愛は死より強し』なんだって。素敵な花言葉だよね」

「愛は死より強し……」

なんだか恥ずかしくなるような花言葉を、思わず声に出してしまう。

「私たちももっと古河さんと仲良くすればよかったって後悔してる。青野が書くスペースも残ってるから、書いたら古河さんに渡してもらえる？」

「……わかった。ありがとう」

礼を言うと三人は満足そうに教室を出ていく。色紙を見ると、クラス全員で書いた寄せ書きよりもカラフルで、気持ちのこもったメッセージが添えられていた。

『今までごめん。古河さんがそんな深刻な病気と闘っていたなんて知らなかった。言ってくれたらなにか力になれたのに。文化祭のときもわざとじゃなかったんだね。酷いこと言ってごめん。早く元気になって。　工藤蓮美』

あの鬼のような工藤とは思えないほど低姿勢の言葉が綴られている。その隣には矢島くんのメッセージ。

『このクラスで古河さんが一番かわいいと思ってました。声をかけたかったけど、できなかったのが心残りです。病気に負けずに頑張ってください。　矢島慎次郎《しんじろう》』

矢島くんがいつも桜良を気にかけてくれていた理由が判明し、笑みが零れる。ほかの生徒のものも桜良を心配する言葉が綴られていた。

僕は自分の席に戻ってから桜良へのメッセージを書きこむ。書き終えてから色紙と桜のお守りを握りしめて横山の教室へ行き、事情を説明すると横山も感激し、桜良の病室まで案内してくれることになった。

「桜良、喜んでくれるかな」

「絶対喜ぶでしょ。まさかこんな色紙を書いてくれるとはね。それよりあの工藤さんが桜良のためにお守りをつくってくれたのが一番衝撃。色紙も三行書いてるし」

横山は色紙を眺めながら感心したように呟く。しばらく傷心気味の横山だったが、気持ちを切り替えたのかいつもの調子で安心した。

「ここの端っこ、まだ書けるから横山もなんか書いたら？」

「え、いいの？　書く書く」

横山は電車に乗ってからピンク色のペンを走らせる。横から見ると『桜良！　大好き！』というひと言だった。

「横山はあれから桜良とは会ってないの？」

「一回だけお見舞いに行ったけど、眠ってて話せなかった。もしかしたら今日も眠ってるかもね。桜良のお母さんの話だと、一日中寝てる日もあるんだって」

「……そうなんだ」

そんな暗い会話をしながら桜良が入院している病院に着くと、僕たちはエレベーターに乗って桜良の病室へ向かう。

四階で降りて少し歩いた先に『古河桜良』と書かれた名札があった。どうやら個室らしい。

横山がノックをすると、「はい」と返事があった。

横山が扉を開ける。ベッドで横になる桜良と、彼女の母親がいた。桜良は目を開けている。

「こんにちは」

　僕と横山は同時にふたりに挨拶をする。桜良の母親は「ゆっくりしていって」と病室の外へ出ていった。

　桜良は体を起こし、僕と横山を交互に見る。見覚えのない顔に戸惑っているようだった。そんな桜良とは対照的に、僕は久しぶりに彼女に会えて気分が高揚していく。

「えっと、あたしたち、古河さんのクラスメイトの横山で、こっちは青野です。古河さんと仲の良かったクラスメイトが古河さんに寄せ書きを書いたので、代表して持ってきました」

　横山はいくつかの嘘を交えて桜良に説明する。

　僕は桜良に色紙を渡す。ありがとうございます、と彼女は細い腕を伸ばしてそれを受け取る。桜良は無言のまま色紙に書かれた言葉を読んでいく。

　僕と横山も黙って桜良を見守る。

　自分が冷たくしたはずのクラスメイトたちの温かい言葉を受け、驚いている様子だった。

「これ、工藤がつくった桜のお守り。縁起がいいからって、中に子福桜っていう桜の花びらも入ってる。花言葉は、『愛は死より強し』。工藤が探しにいってくれたんだって」

口にするのも気恥ずかしかったけれど、子福桜の花言葉と工藤の功績を伝える。愛があれば死を乗り越えられるとでも言いたげな花言葉で、正直大袈裟な気もするけれど。

「あの工藤さんが？」と桜良は目を見開いてお守りを受け取り、中に入っている桜の花びらを手のひらに載せる。工藤のことはまだ覚えているようでほっとした。

「素敵な花言葉だね」と儚げに言うと、やがてひと粒の涙を流した。

「私、皆に嫌われてると思ってた」

「クラスの皆、古河さんのことを心配してたよ」

僕は桜良に優しく声をかける。誰よりも心配しているのは僕なのだと伝えたい気持ちは堪えた。そんなことを伝えてもなにも残らないのだから。

隣の横山は、「桜良、よかったね。本当によかったね」と自分でつくったキャラを忘れてもらい泣きをしていた。

「古河さん、休学するって本当？」

担任が今朝話していたことを思い出し、桜良に聞いてみた。涙を手の甲で拭いながら彼女は答えてくれる。

「うん。出席日数もそろそろ足りなくなるし、たぶんもう退院もできないと思うから。辞めてもよかったんだけどね」

横山と顔を見合わせる。まさかそこまで深刻な状況だったなんて思いもしなかった。言葉が見つからずにいると、「そろそろ検査の時間だから」と桜良が壁かけ時計を見て言った。

「そっか。じゃあ、行こうか」

「これ、届けてくれてありがとう。クラスの皆にも、お礼を言っておいてください」

「わかった」

桜良によそよそしく敬語を使われるたびに心苦しくなる。横山はまだ帰りたくないのか、一歩も動こうとしなかった。

「横山、行くぞ」

「…………うん」

長い沈黙のあと、ようやく彼女は折れてくれた。話したいことがたくさんあるのだろうが、ぐっと飲みこんだらしい。

「じゃあね、桜良」

桜良はそれに頭を下げて応える。横山は名残惜しそうに病室を出ていき、僕も彼女のあとに続く。

「あの」

背後からの桜良の声に振り返る。

「なに？」と返事をすると、彼女はなにか言いかけて、口を閉じた。

「……なんでもないです。今日はありがとうございました」

疑問に思いつつも、彼女に会釈をして僕は病室を出る。

すぐ近くで待っていた桜良の母親に挨拶をしてから、僕たちは来た道を戻った。

翌週に行われた文化祭は、昨年にも増して盛り上がった。

工藤は結局ほかのクラスからギターを弾ける女子生徒を借りてきて、今年はステージ上で三曲歌い上げ大成功を収めた。クラスでは焼きそばを売り、そちらも大盛況。

今年も文化祭は楽しかったけれど、隣に桜良がいれば、と何度も考えてしまってそのたびに気分が落ちていった。

文化祭が終わってからは一気に受験モードに突入し、ぴりぴりしている生徒が増え始めた。

その後も桜良の病室には横山と何度か足を運んでみたが、桜良は眠っていて話すことはできなかった。

「桜良、年を越せるかわからないって」

さらに一ヶ月が過ぎた日の放課後。緑ヶ丘公園には落ち葉が目立つようになり、夜の散歩も寒さで苦になってきた頃。

ひとりで下校していると、背後から横山が悲痛な面持ちで僕にそう告げた。桜良の母親から聞いたのだと彼女は話した。

「……そっか」

「青野、今日これから時間ある？　桜良のお母さんがあたしたちに話があるって」

「うん、大丈夫だけど」

「じゃあ病院に行こう」

ちょうど駅に着いたところで、僕たちは行き先を変更して桜良が入院している病院へ向かう。

桜良の病室に着くまでの間、会話らしい会話はほとんどなかった。横山は桜良の病状が思わしくないことを憂いているのか、ため息をつく回数が多い。

気まずい空気のままエレベーターに乗り、四階で降りて桜良の病室まで歩く。

「なんだろうね、話って」

「さあ。桜良のお母さん、もう来てるのかな」

「たぶんね」

そう話しているうちに桜良の病室が見えてくる。横山が扉を二回ノックすると、桜良の母親の声が届いた。

「こんにちは」

入室するとふたり同時に挨拶する。桜良は今日も眠っているようで、彼女の母親が近くの椅子に座っていた。

「こんにちは。わざわざ来てくれてありがとね、ふたりとも」

桜良の母親は椅子から立ち上がり、僕たちに小さく頭を下げた。それから桜良に視線を移し、何度か呼びかけたが反応はない。

「ごめんね。桜良、最近はずっと寝たきりで……。もしかしたらもう、目を覚まさないかもしれないって、先生が……」

僕も横山も、返す言葉が見つからなかった。今こうしている間にも、桜良の記憶は徐々に失われつつある。もし目を覚ましたとしても、なにもかも忘れている可能性だってある。

ここまでよく頑張ったと彼女を称えるしかなかった。

「あの……それで、話というのは？」

横山が切り出した。桜良の母親は確認するようにもう一度娘に目を移してから、鞄の中から一冊のノートを取り出した。

「本当は桜良に、『私の葬式が終わってから伝えて』って言われてるんだけど、やっぱりどうしても、桜良が生きているうちに伝えたくて……」

彼女が差し出したノートを受け取る。ノートの表紙には、『絶対に忘れたくない大切なもの』と書かれていた。

ページをめくると、たくさんの言葉で埋め尽くされていたが、ほとんどの言葉にバツ印がついていた。横山の名前も消されている。

「桜良ね、絶対に忘れたくないものをそのノートに書いてたの。失った言葉はバツ印で消して」

桜良の母親が補足する。好きな食べものや人の名前が書かれていて、それについての詳細も綴られていた。しかし残されている言葉は少なく、桜良は大切なものの大半を失っているようだった。

次のページをめくったとき、信じられない文字が目に飛びこんでくる。ただの消し忘れか、なにかのまちがいなのか。

僕は横山と桜良の母親に視線を移し、説明を求めた。

「これ、どういうことですか？」

ノートの紙面をふたりに見せる。横山は苦々しい顔で目を逸らした。

そこには僕の名前が書かれていたが、バツ印がついていなかったのだ。

「桜良、青野くんを失うのがずっと怖かったみたいなの。だから、青野くんを忘れてしまう前に、自分から終わりにしたいって……それで……」

桜良の母親はハンカチを目元に押し当てながら、申し訳なさそうに言った。

「……横山も、知ってたんだ」

「知ってたよ。でも、許してやって。桜良はね、青野をこれ以上傷つけたくなくて、辛い選択をしたんだよ。自分が青野を覚えているうちに、ちゃんとお別れがしたかったんだよ」

横山が泣きながら僕に訴えかけた。桜良が僕を忘れる前に最後に話したのは、夜の公園で僕にプレゼントをくれたあの日だ。

今思い返せば、たしかに違和感はあった。急にプレゼントを渡してきたり、キスをせがんだりと彼女らしくない行動が目立っていた。

あれが最後になるなんて考えてもいなかったから、どんな会話をしたのか細部までは思い出せない。けれど、あの日の桜良はいつもとちがい様子がおかしかったことだけは思い出せる。

「あたしもね、ずっと黙ってるのが辛かった。こっそり青野に伝えようかと思ったこともある。でも、どうすればふたりのためになるのか、わからなかった」

「……そっか」

ノートに書かれている僕の名前の横には、僕の詳細が記載されている。『私の大切な恋人』の文字に胸が痛くなる。

　思えば桜良が僕を忘れてからおかしな点はいくつもあった。僕になにかを訴えかけようとしていたり、一瞬表情が揺らいだり。あんなに一緒にいたのに彼女の嘘を見抜けなかった自分が悔しかった。

「青野くん。もし桜良が次に目を覚ましたら、桜良のそばにいてあげてくれないかな。もちろん、柑奈ちゃんも。この子、本当は青野くんと柑奈ちゃんともっと一緒にいたいはずだから。青野くんに話したことを怒られるかもしれないけど、でもやっぱり、親としては黙っているのが辛かった」

　僕は眠っている桜良に歩み寄り、彼女の手を取って嘆いた。

「どうして……」

　声が掠れて続く言葉が出てこない。桜良を責めるよりも、気づけなかった自分に対する怒りの方が勝っていた。

　桜良の母親はさらに、鞄の中から二枚の手紙を取り出して僕と横山に手渡した。

「これも、桜良からふたりに渡すように頼まれてたの」

　驚きながらそれを受け取り、今すぐ読みたいと思ったけれどその場では読まず、桜良に何度か声をかけてから僕と横山は病室をあとにした。

　帰り道、横山は終始ばつが悪そうに顔を伏せていて、なんとも気まずかった。今まで黙っていたことを僕に咎められると思っているようだが、そんな気力はなかった。

横山と別れ、帰宅して自分の部屋に入ると、真っ先に桜良が僕に宛てた手紙を開く。

桜柄のかわいらしい手紙。中には二枚の便箋が入っていた。


青野くんへ。

手紙を読む前にお母さんから聞いたかもしれないけど、本当はずっと青野くんを忘れたふりをしていました。青野くんと話していてもわからない単語が多くなってきて、いつしか話を合わせるのが苦痛で辛かった。

青野くんのお姉さんのことも忘れちゃったみたいでごめんなさい。いつか公園で青野くんのお姉さんのことを聞いたとき、青野くんの様子がおかしかったから、柑奈に教えてもらったんだ。青野くんのお姉さんも私と同じ病気だったなんて……。そんな大事なことを忘れちゃって本当にごめんね。

これ以上青野くんのそばにいたら、もっと傷つけちゃうと思ったし、三年生になって受験も控えているし、私のせいで青野くんの人生を狂わせたくなかった。

自分勝手だと思われても仕方ないけれど、それが青野くんのためだと思って、柑奈にも協力してもらって忘れたふりをしました。この忌まわしい病に青野くんを奪われるより先に、自分のタイミングで終止符を打ちたかった。

私が青野くんを忘れたら、私のことも忘れてと言ったのに、約束を守ってくれなかったね。それはそれで嬉しかったんだけど、青野くんの悲しそうな顔を見るたびに、嘘をつき続けるのが苦しかったです。こんなに苦しい思いをするなら、いっそのこと青野くんを忘れてしまいたいと思った日もありました。朝目を覚ましたら、青野くんを忘れていますように、って。

でも、最後まで青野くんの記憶は残ったままでした。

それから、実は柑奈のことも忘れたふりをしてたんだ。私のせいで彼氏さんとうまくいってないみたいで、柑奈の時間もこれ以上奪いたくなくて。

もう柑奈を解放してあげたくて、泣きながらノートにある柑奈の名前を消したんだよ。でも青野くんの名前だけはどうしても消せなかった。

ふたりのことを騙してごめんね。柑奈はきっと怒ってると思うから、柑奈のこともよろしくね。

私はいろいろなものを忘れちゃったけど、でもやっぱり青野くんのことを忘れずに死ねてよかったよ。

青野くんが私のために海に誘ってくれたこと。

文化祭で助けてくれたこと。

こんな私を好きって言ってくれて、告白してくれたこと。

冬の海に出向いて、桜貝のネックレスをつくってくれたこと。

終点のホームまで迎えに来てくれたこと。

夜の公園で、優しくキスをしてくれたこと。

中学の同級生だと嘘をついて、一緒に映画を観てくれたこと。

最後まで私のそばにいてくれたこと。

青野くんのおかげで、私の人生は幸せでした。青野くんとの大切な思い出だけは失わなくて、本当によかった。


最後に、青野くんにお願いがあります。

私が死んだら、青野くんも死ぬなんて絶対に嫌だよ。あの夜、公園でそれを聞いたとき、本当は全部打ち明けて説教したかった。でも今さらあとに引けなくて、この手紙を残すことにしました。

私が死んでも、青野くんは生き続けてください。私の分まで、青野くんは絶対に生きて。

私との約束を破った罰として、この約束だけは絶対に守ってください。

それが私からのお願いです。

今まで私のためにいろいろしてくれてありがとう。こんな私を好きだと言ってくれてありがとう。私も青野くんのことが大好きでした。

桜良より

桜良が書いた手紙を読んでから数週間が経ち、十二月に入った。

あれから横山と何度も桜良の病室に足を運び、彼女の目覚めを待った。しかし桜良は昏々と眠り続けていて、医師からはもう目を覚ますことはないだろうと話があったらしい。

僕は毎晩のように桜良の手紙を読み返し、そのたびに涙を流していた。

そして僕は、桜良の切実な想いを受けてそれまで抱いていた希死念慮を捨て、生まれ変わる決意をした。桜良との約束を守るために、生きると誓った。この先桜良がどうなろうと、彼女の分まで精一杯生きようと。

今から始めるなんて遅すぎるけれど、最近は受験勉強に力を入れて毎晩遅くまで取り組んでいる。

桜良が目を覚ましたとき、頑張っている姿を見せるために。

ふと思い立って昼休みにしばらく開いていなかったＳＮＳを開き、未だに届いているメッセージは無視して新しい投稿をすることにした。

『やっぱり死ぬのはやめました。これからは真面目に生きます』

迷いなく画面をタップし、僕の呟きがSNS上に反映される。きっとまた批判のコメントがあると思っていたが、放課後になっても僕を攻撃してきたやつらからの反応はなかった。代わりにたくさんのいいねがついて救われた気持ちになる。

「やっぱりさ、青野には伝えるべきだったね。桜良、青野のこと忘れたふりをしてるって」

学校帰りに桜良の病室に向かう途中の電車の中で、横山が沈んだ声で言った。携帯をポケットにしまって浮かない顔の横山を労う。

「いや、俺も横山の立場だったら言えなかったと思う。でもまさか横山のことも本当は忘れたふりをしてたとは思わなかったな」

「桜良の優しさが招いた結果だよ。あたしが桜良だったら、きっと最後までふたりに甘えてたと思う」

桜良が書いた横山宛ての手紙には、僕と同じように迷惑をかけたくなくて忘れたふりをしたと謝罪の言葉が綴られていたらしい。桜良らしい選択だと思いつつも、彼女が目を覚ましたらふたりで文句のひとつでも言ってやりたかった。

今日こそはと桜良の病室を訪れたが、二時間居座っても彼女は小さな寝息を立てるだけで、ピクリとも動かなかった。

　仕方なく横山と病室をあとにする。医師からは年を越せないかもしれないと言われていたし、きっと桜良が目を覚ますことはないとわかっていても、僕たちは毎日のように病院に通い続けた。

「桜良の手紙のおかげで頑張ろうって思えたよ。ありがとう」

「退院したらさ、またふたりで夜の公園で話そう。ネロも桜良がいなくて寂しがってるよ」

「そういえばこの前、横山が彼氏と歩いてるとこ見たよ。桜良は見たことある？　意外とかっこよかったんだ」

　桜良の病室を訪れるたびに、僕は彼女に声をかけた。意識がなくても耳は亡くなる直前まで聞こえているというし、きっと桜良に届いているだろうと必死に声をかけ続けた。

　──舞香に呼びかけたら手を握ってくれたの。

　姉が昏睡状態に陥ったとき、姉に付きっきりだった母が以前そんなことを話していた。ずっと姉のそばにいて声をかけていると、手を握り返してくれたり、涙を流したりとたしかに反応があったらしい。

　それを思い出し、僕はベッドで眠る桜良に囁きかけた。

「今日は工藤と矢島くんが言い合いしてたよ。あのふたり、実は幼馴染みで犬猿の仲だったって知ってた？　まあ、俺も最近知ったんだけどさ」

「もうすぐクリスマスだね。楽しかったな、去年のクリスマス。今年のプレゼントは……まだ決まってないや」

話しているうちに桜良と過ごした日々が蘇ってきて、涙しながら声をかけた日もあった。桜良の反応はなかったが、僕は諦めずに近況やふたりの思い出話を滔々と語る。


きっと桜良に届いていると信じて。


桜良の容態が急変したとの連絡が入ったのは、十二月十四日のことだった。その日の夕方、連日のように気温が高い日が続いたことで季節外れの桜が返り咲いたとのニュースをやっていた。

秋や冬に咲く桜もあるが、その日返り咲いたのは春にしか咲かないソメイヨシノだった。春がやってきたと桜が勘ちがいして、稀に秋や冬に咲くことがあるらしい。

そんなこともあるのだなと感心しながら散歩をしていると、横山から着信があった。

「桜良、もうもたないかもしれないって。今病院に行っても会えないらしいから、とりあえず報告だけ。どうなるかわからないけど覚悟しといた方がいいよ。じゃあね」

横山は湿り声で僕にそれだけ伝えると通話を切った。最後は自分に言い聞かせているようでもあった。

そのまま無心で緑ヶ丘公園まで歩き、僕の足元にすり寄ってきたネロを抱き上げ、桜良の無事を祈った。季節外れに返り咲いた桜のように、桜良も目を覚ましますように、と。

叶うことのない祈りであるとわかっていても、そうしないわけにはいかなかった。


それから三日後の朝、通学中に横山から着信があった。

この時間に彼女から着信があるなんて普段ならありえないことだった。桜良の容態が急変したと聞いてからは、一度も連絡がなかったのだ。悪い予感が背中を走る。

そのとき思い出したのは、姉の訃報を知らせる母の着信だった。あのときもたしか、嫌な予感がして電話に出るのを躊躇った。

不安を煽るように着信音が鳴り響く。思い出したくもない記憶を振り払い、僕は覚悟を決めて電話に出る。

「もしもし青野？　桜良が――」

泣きじゃくる横山の声に、僕は携帯を耳に当てたまま涙を堪えて病院へ走った。

エピローグ

ノックをするのも忘れて病室の扉を開けると、桜良の両親と横山の姿があった。三人とも涙を流し、ベッドに横たわる桜良を囲んでいた。

横山が僕に気づき、泣き顔をこちらに向けて道を開けてくれた。

僕はゆっくりと歩み寄り、桜良の真っ白な顔を覗きこむ。

「……青野くん？」

桜良が掠れた声で僕の名前を呼んだ。

横山から連絡が来たときは、正直信じられなかった。きっと桜良の訃報だろうと覚悟を決めて電話に出たが、桜良が目を覚ましたと聞いたときは自分の耳を疑った。もう意識は戻らないと医師から言われていたのに。

一報を受けたときは不思議と冷静でいられたのに、いざ目を覚ました桜良を前にすると堪えきれず、その場に膝をついて涙してしまった。

「……よかった。本当によかった」

声を絞り出して桜良の手を握る。ろくに食事をとれていなかったせいか、以前に比べると細くて弱々しい手だった。

「いろいろ心配かけてごめんね」

か細い声で桜良は言った。僕は首を横に振る。

自分の涙のせいで桜良の表情が霞む。桜良が目を覚ましたら、力強く抱きしめてやろうと思っていたのに足に力が入らないし泣きじゃくってしまうし、なんとも情けない醜態をさらしてしまった。

「桜良、大丈夫なの？」

恐るおそる訊ねる。意識が戻ったのは一時的なもので、またすぐに昏睡状態に陥ってしまうのではないかと思った。だとしたら、これが最後の会話になるかもしれない。

「頭がぼんやりしてるけど、大丈夫。私、なんで入院してるの？」

「え……。なんでって、虫喰い病で……」

桜良は小首を傾げ、目を丸くしてこう言った。

「虫喰い病って……なに？」


後日、桜良は脳の精密検査を行った。ほかにも血液検査や神経心理検査など、それは数日間にも及んだらしい。

医師の話によると、桜良の脳に見られたアミロイド斑が著しく減少し、虫喰い病患者に現れる特有の脳の異常や萎縮も回復傾向にあるとのことだった。

過去に一度だけ、虫喰い病患者が回復した例があると医師は話した。ただその患者は高齢だったため、原因を究明する前に合併症を引き起こして亡くなったそうだ。けれど亡くなる前に、たしかにわずかながら病状が回復したとの報告があったらしい。

その患者と桜良の共通点は、ともに虫喰い病という言葉を失ったことだった。

「これは仮説ですが、虫喰い病という言葉を失ったことで脳が完治したのだと誤認識して、回復に向かったという可能性が考えられます。そんなことがあり得るのか今は断言できませんが、実際に検査結果を見る限り、桜良さんの病状はいい方向に進んでいます」

医師のその話を聞いて、僕は小学生の頃の担任を思い出した。彼は脳の勘ちがいによって癌と似た症状になり、誤診だとわかると回復した。

もしかすると桜良の脳にもそれと同じような現象が起こったのではないかと僕は思った。真冬に春がやってきたと勘ちがいして返り咲いた桜のように。

「私ね、眠っている間に青野くんの夢を何度も見たんだ。青野くんが私にいろんな話をしてくれて、私はそれを聞いてたの。でね、相槌を打ったり、それに答えようとしたのになぜか私は声を出せなくて……。私の言葉は伝えられなくて……もう一度青野くんに会いたい、もう一度話したいって強く願ったら、目が覚めた」

桜良のその話を聞いて、僕は感極まって涙してしまった。眠り続ける桜良にかけた言葉の数々が、しっかりと届いていたのだと。諦めずに声をかけ続けてよかったと。

僕の言動が奇跡を生んだなんてことはきっとないけれど、彼女の脳の深い部分を刺激して回復の一因になったのかもしれないと、今はそう思うことにした。

「なんかよくわかんないけど、とにかくよかったね、桜良。手紙も読んだよ。あたしのこと忘れたふりをしたら、次は許さないからね」

様々な検査が終わって落ち着いた頃、横山とふたりで病室を訪れ、彼女は桜良に釘を刺した。

「ごめん。実はあんまり覚えてなくて」

虫喰い病を失った桜良は、虫喰い病によって自身が起こした言動をぼんやりとしか思い出せないらしかった。通院していたことや病気に関する知識や会話の内容。それから僕たちを忘れる覚悟をしたことや手紙のことなど、とにかく虫喰い病に関する出来事ははっきりとは覚えていないようだった。

さらに桜良は、長いこと眠っていた間にどうやら父親のことを失ってしまったらしい。いつも見舞いに来てくれる父親を見て、傷つけたくなくてしばらく言い出せなかったのだと桜良は涙ながらに話した。おそらく父親だったのだろうと話を合わせていたが、いつまでも隠しておくわけにはいかないと僕と横山に打ち明けてくれた。

桜良は僕と横山が一緒にいるときに泣きながら父親にすべてを告げると、彼は悔しそうに涙を流した。それでも彼は、桜良の命があっただけでもよかったと泣きじゃくる娘を励ました。

桜良は引き続き検査入院が続くらしく、僕と横山はまだ彼女の病気がどうなるのか不明で安心はできなかった。


やがて冬休みに突入し、あっという間に年が明けた。桜良の病状は医師の説明どおり回復に向かっている。今のところ眠っても記憶が失われている様子はないし、脳に見られた異常も正常なものに変わりつつあった。

しかし、桜良の失った記憶が戻ることはなかった。僕の姉のことや父親、それから祖母の名前など、一度失ったものは取り戻せない。けれど以前は忘れたものを何度教えても記憶に定着することはなかったが、今の桜良は失ったもの――たとえば彼女が忘れてしまった傘の使い方を教えると、次の日にもその記憶は保てたのだ。

父親ともこれから思い出を増やしていけばいいのだと桜良は前向きだった。

僕と横山は毎日桜良の病室を訪れ、彼女が失ったものをひとつひとつ思い出話を交えながら、ときには横山が紙芝居のように絵を描きながら桜良に教えた。

僕にとってはその時間がとても幸せで、受験勉強の合間をぬって桜良を見舞った。

徐々に回復していく桜良を見ていると、この奇跡が姉にも起こってほしかったと思わずにはいられなかった。

桜良はその後も治療を続け、彼女が退院したのは三学期が始まってから一週間が過ぎた頃だった。彼女の留年は決まっていたが、一応三学期から復学することになった。

復帰初日の教室では、見たこともない光景が広がっていた。

「病気はもう大丈夫なの？」

「私のことは覚えてる？」

「実は二年のときから好きでした」

桜良の席にたくさんの生徒が群がっていた。質問攻めにあって戸惑いつつもひとつひとつ丁寧に受け答えをする桜良。どさくさに紛れて告白してきたやつには丁重にお断りしていた。

「聖徳太子《しょうとくたいし》じゃないんだから、そんなにいっぺんに話しかけんなよ」

矢島くんの野次が飛ぶ中、教室の隅で様子を見ていた工藤が桜良に歩み寄る。

「古河さん。いろいろ酷いこと言ってごめんね。ずっと謝りたかったんだ」

工藤の取り巻きたちも桜良にひと声かけて頭を下げる。桜良は文化祭でピアノを弾けなかったことを覚えていなかったが、一応事実は僕と横山から伝えてはいた。

「気にしてないから大丈夫。こっちこそごめんね。それより、寄せ書きとお守りありがとう。工藤さんが率先して皆に声をかけてくれたって聞いて、すごく嬉しかった」

「べつに、そんな大したことしたつもりないから」

まんざらでもなさそうな顔でそう言ったあと、工藤は取り巻きたちに「戻るよ」と声をかけて自分の席へと戻っていく。もう少し素直になればいいのにと思いつつ、心の中で工藤に感謝した。

その後は休み時間のたびに桜良の周りに人が集まり、僕は嬉しくなってその様子を写真に収めて横山に送った。

その横山はいつ勉強していたのか、志望していた私立大学を受験し、手応えありと夜の公園で待っていた僕と桜良に向けてガッツポーズをした。彼女は喧嘩中だった恋人と仲直りをして、彼も同じ大学を受験したらしい。

僕は今年の入試は諦め、一年浪人し、来年挑戦することに決めた。十二月から受験勉強を始めたのだが、さすがに遅すぎた。


『明日の卒業式、見にいくね』

卒業式の前日の夜に桜良からメッセージが届いた。スマートフォンを失っていた桜良だったが、横山に使い方を教えてもらうと数日も経たないうちに使いこなせるようになった。もう一度桜良とメッセージのやり取りができるなんて嬉しくて、僕は柄にもなく絵文字やスタンプを多用して返信した。

卒業式当日の朝。自転車に乗って駅まで行くと、久しぶりに藤木と鉢合わせた。

「悠人くん、久しぶり。今日卒業式でしょ？　おめでとう」

「ありがとうございます。大学って今春休みじゃないんですか？」

「そうだけど、大学の図書館に用があって」

ふたりで改札を抜けて、同じ列に並んで電車を待った。なんとなく気恥ずかしいのと、若干の気まずさはまだ健在だった。

「なんか悠人くん、ちょっと顔つき変わったね。明るくなったというか、顔色もよくなった気がする」

そうですかね、と聞き返して自分の顔に触れてみる。毎日歯を磨くときに鏡は見るが、どう変わったのか自分ではわからなかった。

電車が到着すると藤木の隣の席に腰掛け、少し話をする。進路が未定であることや近況などを簡単に報告した。

それから彼は性懲りもなく姉の話をしてきたが、以前感じていた不快さはなくなり、むしろ姉の話を聞けて楽しかった。

「よかったら今度、勉強を教えてくれませんか？」

高校の最寄り駅がアナウンスされた頃、降車する前に藤木に告げる。卒業後の進路は未定だったが、予備校に通いながら大学への進学を模索していた。

「いいけど、どこの大学目指してるの？」

「藤木さんと同じ大学です。脳について学びたくて」

「なるほどね。いつでも連絡して」

急いで連絡先を交換し、電車を降りる。藤木は理学を専攻していて、僕も昔から興味のあった人間の脳について勉強してみたいと最近になって強く思うようになった。小学生の頃の担任や、桜良の脳に起きた奇跡を解明したい、と。

僕の成績でいきなりそんな偏差値の高い大学を目指すのは無謀かもしれないけれど、何年かかってもいいから挑戦してみたいと思った。新たな目標ができると、それだけで前向きな気持ちになれる。

駅舎を出て高校までの短い道を歩く。ここを通るのも今日で最後なのだと思うと、わずかに名残惜しい気持ちになる。

教室にはすでにほとんどの生徒がいて、黒板に絵を描いたりメッセージを書きこんだりしている者もいる。

騒がしい教室内を見回すと、早くも涙ぐんでいる生徒がちらほら見受けられた。

卒業式は滞りなく行われ、保護者席には制服姿の桜良がいた。校歌が流れても、ひとりひとり生徒の名前が呼ばれても、校長の長い式辞があっても、僕は桜良と過ごした日々をひたすらに思い返していた。

たった二年間の記憶なのに、鮮明に思い出せるのは印象に残っている出来事ばかり。それ以外は断片的で、きっと頭の奥底に眠っていてふとした瞬間に蘇る程度なのだろう。

人間の脳はどうしてもっと詳細に記憶できないものなのか。そしてそれを自在に引き出すことができないのか。不要な記憶は消去され、必要なものだけ脳に定着するらしいが、僕にとってはどれもこれも大切な思い出ばかりなのに。

ふと視線を遠くに投げると、校歌を歌いながら号泣している横山の姿が見えた。きっと彼女も桜良を思って涙しているのだろう。桜良の病が快方に向かったことを誰よりも喜んでいたのが彼女だった。

式が終わると一度教室に戻り、そこに桜良もやってきた。桜良の前には生徒たちが群がり、一緒に写真を撮ろうとせがむやつまでいる。

復学してから今日まで、桜良にはたくさんの友達ができた。最近では彼女のあまりの人気ぶりになかなか声をかけられないという嬉しい悩みもできた。

最後に桜良は、クラス全員に向けてお祝いの言葉を口にした。

「改めて、今まで皆に冷たくしてごめんね。復学してからは仲良くしてくれてありがとう。私も一緒に卒業したかったけど、皆の旅立ちを見守れてよかったです。卒業おめでとう」

教室にいる全員が桜良に拍手を贈る。彼女は照れ笑いを浮かべてもう一度頭を下げた。

卒業式で泣くやつなんて、ただその場の雰囲気と自分に酔っているだけだと今まで僕は思っていた。けれど、どうしてか鼻の奥がつんとして、ぽろりと涙が頬を伝って零れ落ちた。

「お、青野が泣いてんぞ！」

僕の涙に気づいたお調子者の生徒に指をさされる。

泣いてねーよとごまかしたが、もう遅くて皆に笑われる。でも、泣いている生徒は僕だけではなかった。あの工藤までもが泣いていて、「鬼の目にも涙」と矢島くんのひと言で笑いが起こった。

それから、桜良と横山と三人で下校した。

「ねえ、三人で卒業旅行かない？」

卒業証書が入っている丸筒の蓋を開閉しながら横山が言う。

「あー。いいね、それ。てか横山、ポンポンうるさい。筒で遊ぶな」

「私は卒業してないけど、いいのかな」

「じゃあ桜良は、病気からの卒業ってことで」

横山は微妙にうまいことを口にしたが、桜良の病気はまだ完治したとは言い切れないので、桜良も微妙な顔で笑っていた。

「じゃあさ、今まで行った場所で、桜良が覚えてないとこに行くってのは？　水族館とか、美術館とかほかにもいろいろあったよね」

僕が提案すると、横山が身を乗り出して破顔する。

「それめちゃくちゃいいじゃん。春休み全部使っていこう。桜良もそれでいいよね」

「うん。楽しみ」

駅で別れるまでの間、僕たちは春休みにどこへ行くかの話題で盛り上がった。

その日の夜。僕は机に飾ってある桜のハーバリウムを手に取って眺めていた。そろそろ寿命のはずだけれど、中の花は若干色褪せてはいるもののオイルはまだまだ透き通っていて綺麗だ。

それから僕は、いつもの時間に散歩に出かけた。まだ外は肌寒いが、少し歩くと体が火照ってきてこのくらいが僕にはちょうどいい。歩を進めながら、春休みにどこへ行こうかと前向きなことばかり考え、自然と頬が緩む。

そこで、はたと気づいた。桜良と出会う前の僕の散歩と言えば、後ろ向きなことしか考えていなかったのだ。どうやって死のうか、そんな暗い思考が常に頭の中を支配していた。が、桜良と出会ってからは次第に変化していった。

夜の散歩が楽しいと思えるようになったのは、いつからだっただろう。姉の死に囚われて、毎日死に場所を探し求めていたあの頃の自分。それが今はスキップをしたくなるほど楽しいことしか頭に浮かばない。

しばらく歩いていると前方に緑ヶ丘公園が見えてくる。僕の体は吸いこまれるように園内に向かっていく。

屋根つきのベンチに人影があった。そこには桜良の姿があって、どこか沈んだ表情で俯いている。

「あれ、桜良来てたんだ」

声をかけ、桜良の隣に腰を下ろす。彼女はぱっと顔を上げ、口元を和らげた。

「うん。なんかよくわかんないけど、部屋でひとりでいるのが怖くて……」

「そっか。じゃあ、もしかして夜寝る前とかも怖い？」

「怖い。たぶん、虫喰い病の後遺症かな」

桜良は眉尻を下げて困ったように笑う。虫喰い病の記憶がある頃は夜が怖いと彼女は嘆いていたが、今は恐怖心だけが残っているらしい。

「でも、なんでだろうね。ここへ来るとすごく落ち着くんだ」

そう言って深呼吸をする桜良。その気持ちも残っていてくれてほっとした。

「実はもうひとつ、漠然とした不安があるんだけどね」

「……不安？」

「青野くんが、いなくなっちゃうんじゃないかって、そんな気がして……」

桜良の視線が痛い。どうやら彼女は、桜良が死んだら僕も死ぬと告げたことは、はっきりとは覚えていないようだった。しかし、僕がいなくなるのではないかという漠然とした不安だけは今も残っているらしい。それについても都合よく忘れてくれたらと願っていたが、なにもかもうまくいくとは限らないんだなと嘆息する。

「いなくなったりしないよ。怖くならないように、ずっと桜良のそばにいるから」

「本当？」

「うん。約束する」

「……約束」

桜良はその言葉も引っかかるようでどきりとした。でも、本心だった。今はもう死にたいなんて気持ちは消えていて、桜良を守るために、ふたりで生きていきたいという気持ちだけが強く残っていた。

そんな気持ちになったのは、桜良のおかげだった。桜良は覚えていないだろうけど、あの手紙を読んで生きたいと前向きに思えるようになった。

桜良の首元にネックレスが光っていることに今になって気づいた。僕がプレゼントした、桜貝のネックレス。ふんわりと香る桜の匂いも鼻腔をくすぐる。『私を忘れないでください』という花言葉に僕が託して贈った桜も、きっと願いを叶えてくれたのだろうと胸が熱くなった。

「じゃあ、約束ね。私のそばから離れないって」

桜良は小指を立て、それを僕に向ける。

「うん、わかった」

僕はそれに自分の小指を絡め、彼女と指切りをした。

「これからは失った記憶の分まで、たくさんの思い出を残そう」

指を絡めながら桜良に告げると、頷いた拍子に彼女の頬を撫でるように綺麗な涙が零れ落ちた。僕はその涙を指で拭う。

「わっ。びっくりした」

そのときベンチの下からネロが姿を現し、桜良の足元にすり寄ってきた。まるで俺の存在を忘れるなと主張しているようで、桜良と顔を見合わせて笑った。

「ネロ、だっけ。もうあなたのことは忘れないからね。ごめんね」

桜良はネロをひょいと抱き上げ、頬をすり寄せて微笑んだ。懐かしい光景に僕もつられて頬が緩む。

ネロは幸せそうに目を細めて、「みゃあ」とひと鳴きした。

あとがき

死にたいと思ったことが過去に一度だけありました。

数年前、とある人が自殺をする直前に親しい人にメッセージを送り、それが僕のもとにも届きました。

僕以外にそのメッセージを受け取った人は、仕事中だったり、引っ越し作業中だったり、野球観戦に行っていたりと、すぐには気づかずに返信できなかったそうです。

僕はそのとき、スマホゲームをしていたので画面上に表示されたメッセージにすぐ気づきました。

『仕事頑張れよー』だとか、わざわざ送ってこなくてもいいような内容でした。何通かやり取りをし、最後は面倒くさくなってスタンプを送って終わらせました。その直後、彼は自殺を図ったようでした。

そのときのことを今でも後悔しています。彼の自殺を止められたのは、すぐにメッセージに気づいた僕だけでした。彼の異変を察知してなにか行動を起こしていれば、救えたのではないかと。

まさかそれが最後のやり取りになるとは思わず、冷たく接してしまったことが心残りです。

彼が自殺した理由は今でもわかりません。きっと生きることに疲れていたんだろうなと思います。僕がなにをしようとも防げなかったかもしれませんが、責任を感じてなにもかも嫌になり、そんなことを考えました。

ときどき読者の方からも生きるのがつらいというご相談を受けることがあります。皆、それぞれに事情があって、解決の緒《いとぐち》を見つけようにもうまくいかず、話を聞くだけになってしまいます。ただ、ひとつ思うのは、なにか夢中になれるものを見つけてみてはどうでしょう、ということです。推しを見つけてひたすら推し活に力を注いでみたり、スポーツが好きなら地元のプロ野球やサッカーチームを応援してみたり。小さなことでもいいのでなにか好きなものを見つけてみてはどうかと思うのです。

僕にとってのそれが小説でした。鬱屈した日々を過ごしているときになんとなく手に取った一冊。その本との出会いがきっかけで夢中になって小説を読むようになり、そのうち自分でも書くようになりました。それ以降は死について考える時間すらないほど小説に傾倒していきました。

本作の主人公である青野悠人も、僕と似たような過去を持ち、最後には目標を見つけて前向きに生きていきます。彼のように生きろとは言いませんが、そういった自分にとっての光を見つけることが解決に繋がっていくのではないかと考えたりもします。

話は変わりますが、いつも新作を書く前に体当たり取材をしていまして、今回は夜の公園内をひたすらうろうろするという一歩まちがえれば通報されかねないことをやっていました。

近所に本作に登場する緑ケ丘公園のイメージにぴったりの公園があって、執筆中は夜になると足繁く通いました。東屋の椅子に腰掛けてみたり、意味もなく滑り台を滑ってみたり（犬を散歩中のおじさんに変な目で見られたのは内緒）、そんなことを夜な夜なしていました。

初稿の執筆期間は夏の終わり頃から年末にかけてでしたので、季節の移り変わりによる公園の変化も楽しめました。ただひとつ残念だったのは、執筆を終えた頃に園内にあるご神木のような巨大なやなぎの木が倒れかけていて、伐採されてしまったことです。安全のためとはいえ、幹だけのやなぎを見ると、執筆を終えたタイミングも相まって余計に寂しくなりました。

謝辞
担当編集の末吉さん。鈴木さん。今回も鋭いご指摘やアドバイスをありがとうございます。
素敵なイラストを描いてくださった飴村さん。飴村さんのイラストをもとに変更した描写もあるほど影響を受けました。ありがとうございました。

ほかにもこの作品に携わってくださった皆様に、この場をお借りして感謝申し上げます。

今回本当はよめぼくの映画化について書こうと思っていましたが、本作を執筆中にいろいろと記憶が蘇ってきまして、このあとがきとなりました。映画の話はまたどこかで。

最後に、本作を手に取ってくださった読者の皆様、ここまで読んでくれてありがとうございました。次の作品も読みたいと思っていただけたら幸いです。

森田碧

主な参考文献

『面白いほどよくわかる脳のしくみ』高島明彦監修（日本文芸社）
『私は誰になっていくの？　アルツハイマー病者からみた世界』クリスティーン・ボーデン著
桧垣陽子訳（クリエイツかもがわ）
『思い出せない脳』澤田誠著（講談社現代新書）
『記憶がウソをつく！』養老孟司・古舘伊知郎（扶桑社）

本書はフィクションであり、実在の人物および団体とは関係がありません。

余命《よめい》一年《いちねん》と宣告《せんこく》された君《きみ》と、消《き》えたいと願《ねが》う僕《ぼく》が出《で》会《あ》った話《はなし》

森田碧《もりたあお》

2024年5月5日初版発行

発行者…………加藤裕樹
発行所…………株式会社ポプラ社
〒141-8210　東京都品川区西五反田3-5-8
JR目黒MARCビル12階

フォーマットデザイン　荻窪裕司(design clopper)
組版・校閲　株式会社鷗来堂
印刷・製本　中央精版印刷株式会社

ポプラ文庫ピュアフル

ホームページ　www.poplar.co.jp

N.D.C.913/299p/15cm
ISBN978-4-591-18176-8
P8111377

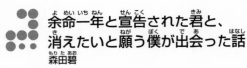

ポプラ文庫ピュアフルの好評既刊

シリーズ45万部突破のヒット作!!
切なくて儚い、『期限付きの恋』。

森田碧

『余命一年と宣告された僕が、余命半年の君と出会った話』

装画：飴村

高1の冬、早坂秋人は心臓病を患い、余命宣告を受ける。絶望の中、秋人は通院先に入院している桜井春奈と出会う。春奈もまた、重い病気で残りわずかの命だった。秋人は自分の病気のことを隠して彼女と話すようになり、死ぬのが怖くないと言う春奈に興味を持つ。自分はまだ恋をしてもいいのだろうか？　自問しながら過ぎる日々に変化が訪れて……。淡々と描かれるふたりの日常に、儚い美しさと優しさを感じる、究極の純愛。